PERDER O JUÍZO

ARIANA PARWICZ

PERDER O JUÍZO

Romance

TRADUÇÃO
Silvia Massimini Felix

instante

Para

Sofía T.

Delphine Jubillar

Alexia ~~Daval~~ Fouillot

Vanina Fonseca

Para Lisa, por atender minha chamada de emergência no meio de um campo de girassóis.

Perguntaram a assassinos em série o que haviam sentido da primeira vez, se tinha sido arrepiante matar. Nem tanto, na verdade, responderam. Dá para ver nas câmeras de segurança dos restaurantes onde os assassinos vão almoçar pouco antes de se lançarem nos trilhos ou logo depois de terem matado um menino e o enfiado debaixo da cama de um hotel. Os garçons concordam que têm apetite, parecem leves e cordiais. Somos 99% normais, dizem os parricidas, é só uma diferença de 1%, é só isso que nos separa dos criminosos. Um pequeno antes e depois, o próprio nada. São nessas deformidades que não levam a lugar nenhum e só desperdiçam tempo que penso enquanto masco chiclete de morango. Um atrás do outro, masco, cravo os dentes, faço bolinha, são dos que eles gostam, continuo comprando pacotes inteiros daqueles que ficam nos caixas do supermercado. Sem açúcar, como J gosta, com recheio líquido de morango, como E gosta. Fico até o Auchan fechar, nos fins de semana tenho menos opções e vagueio por outros possíveis lugares onde posso cruzar com eles. Por duas vezes os vi na gôndola das bebidas, licor à base de vodca, aromáticos à base de rum, aperitivos, pastis digestivos, prosecco, cava, champanhe meio seco, ele ia enchendo o carrinho, vinhos frisantes, sidras, coquetéis, e os meninos o ajudavam com disciplina, fazendo uma fila, o pai passava a um e ao outro. Como nas fileiras de guerra, os voluntários passam os alimentos de primeira necessidade para os soldados, depois tudo terminará na piscina instalada no subsolo que eles não declararam ao fisco. Parece que haverá uma grande comemoração, certamente com casais e amigos da região, com outras crianças da idade deles, certamente todas ficarão para dormir nas bicamas, em mezaninos e sótãos, os adultos estirados com a taça na mão nos dois amplos andares da casa. Depois, alguns convidados venderão seus vinhedos, entrarão no grandioso círculo descendente das dívidas com o tesouro público e numa madrugada se atirarão do viaduto de Saint-Satur. Ando pelos corredores, já sei onde estão as câmeras de segurança, depois passo muito tempo escondida no banheiro masculino para o caso de algum deles correr para fazer xixi, a gotinha na cueca. Sempre igual, o xixi depois da dupla jornada no colégio, embora em geral prefiram mijar nas motos de colecionador estacionadas do lado de fora pelos fanáticos da comarca. Vou para a área dos brinquedos, antes eu podia roubar para eles um robô com baterias, pagar por um e esconder o outro na camiseta ou dentro do short, isso os fazia dar muita risada, quando eu mostrava o robô no carro, explodíamos por causa da mágica. Aqui mamãe encontrou mais um, surpresa, sai do short, da calcinha, como o coelho da cartola. Duas vezes cruzei com eles depois da sentença, não posso assegurar que me cumprimentaram, acho que sim, um com a mão, o outro com um sorriso, eu também com a mão e um sorriso. Entro pelas gôndolas de tomadas, extensões e fios elétricos, tudo prestes a saltar para fora, já se pode saber, o desejo total, a alegria histriônica, delirante, dão náuseas. Vou embora encurvada para dar uma vomitada no estacionamento, ânsias cada vez maiores, a boca de pelicano toda aberta. Lá vejo os três saírem com o carrinho a todo vapor e abrirem o carro novo de longe, qual marca é, nunca soube nada de marcas, um Audi, um Clio, um conversível, um caminhão de combate, só sei que é novinho. Os dois ajudam o papai a guardar tudo no porta-malas, garrafas e sobremesas de chantili empacotadas. Entro de novo, mas o supermercado está fechando. Por favor, por favor, dou pulinhos infantis e faço dancinhas latinas diante da porta e me deixam entrar correndo, suada, uma ridícula. Compro salsichas defumadas, pacotes de batatas fritas de mostarda, vinagre, bacon, congelados, pacotes de arroz tailandês e ponho tudo no meu moletom canguru, obrigada, obrigada, são muito gentis. Acho que me olham com nojo, que não me tocariam nem se eu me oferecesse nos locais de venda de carros usados. Não contem comigo, não vou me oferecer, nunca se pode saber de antemão no que alguém pode se converter.

— • —

Na sentença, minha moradia de baixo custo é muito estreita, um corredor com poucas aberturas para conservar o calor. Na sentença, minha casa está em ruínas, desabilitada para receber os irmãos, só posso vê-los uma vez por mês num lugar mediado, menos que as famílias dos terroristas. Um lugar neutro de onde posso ver o pai fumando um cigarrinho atrás do outro durante o encontro. Às vezes me perco nas conversas e brincadeiras que temos de fazer por causa da fumaça exalada pelo pai. Fff, fff, fff, ele solta nuvens e arma mensagens no ar, alguma coisa ele quer me dizer com aquelas volutas, me distrai, eu disse, mas acho que a assistente social presente na sala levou isso a mal, anotou alguma coisa no relatório e não insisti mais. Nos primeiros meses eu ia vestida com a roupa de ficar em casa, como é meu costume, quem tem vontade de se vestir com algo dourado, com alças bordadas ou um suéter rosa com apliques? Assim que levantava, esperava com um café em frente ao Loire até que dessem três e meia e ia para o centro a pé. Espiava casa por casa ao longo da deserta Saint-Satur, a maioria abandonada, podia ver a atmosfera gótica daqueles salões fechados, asfixiantes, as cúpulas escurecidas pelos incêndios, as compridas cadeiras de madeira espalhadas sob as árvores onde um dia devem ter bebido até cair. Às vezes, quando me sobrava tempo, abria as correntes ou pulava uma cerca e entrava furtivamente naqueles cortiços que haviam sido luxuosos e imponentes dois séculos antes e hoje servem a bebuns e dependentes, gado noturno em busca de alguma ração. Quando o Estado finalmente me outorgou uma defensora pública, a advogada me olhou de cima a baixo e disse: madame, há códigos de vestimenta que devem ser respeitados se quiser ter uma oportunidade de ganhar. Em casos como o seu, não pode se vestir de couro, com estampa animal, com decotes, com tamancos de madeira, isso não a beneficia, a senhora entende? Não posso representá-la se não colaborar. Na mesma noite ela me mandou um texto que li sentada na rotatória de Sancerre no qual, como a dieta de um diabético tipo 2, me dava uma lista de roupas possíveis para os dias de encontro. A água da fonte corre entre os sujos canais abarrotados de peixes sob meus pés, escureceu rápido naquele dia enquanto eu pensava que tipo de roupa eu precisava comprar no supermercado Colruyt ou nas ofertas da Gemo, calças pretas, não tenho, sapatos femininos ou sóbrios, não tenho, uma blusa de cor clara, sem estampa, nunca tive, ir ao cabeleireiro, não vou. Sua imagem poderá jogar a nosso favor quando recorrermos da decisão da Justiça, disse minha advogada. A imagem, o tom de voz, a postura corporal. Não fique tão para a frente, não levante tanto as mãos, não fale com a voz rouca etc. Mas os tempos são extremamente lentos neste país, madame, os tempos passam de carroça. Enquanto isso, não usar coturnos, não usar tachinhas, tirar as correntes, inclusive as mais fininhas, aparar o cabelo, trabalhar a aparência e os gestos. Número 1: não pareça muito masculina porque seria vista como pouco mãe, pouco ou pouca?, sei lá, não faça isso. Número 2: não se apresente muito feminina para não dar a entender uma inclinação muito pronunciada para o sexo ou a obscenidade. Número 3: não se mostre como uma tênia solitária, seria vista como antissocial e, em certos casos, poderiam acusá-la de marginal. Mantenha-se no caminho do meio, vista-se e comporte-se de maneira moderada. Quando viu as fotos da minha casa, a mesma coisa, lúmpen demais, parece que eu vivia no século XIII com paredes em demolição e mofo. Ela me mandou passar outra impressão aos juízes. Pinte as paredes, troque os móveis de lugar, procure o ângulo da luz. Foi o que fiz, decorar a casa com vasos, arrancar flores e quadrinhos de paisagens agrícolas compradas nos mercados de pulgas sobre o Loire. Montar um quarto para os dois, ainda sem bicamas mas com bons colchões, os meninos gostam disso, pular de um colchão para o outro, os pacotes dos seus presentes sem abrir sobre a cama sem usar.

Entre cada visita, o que se pode fazer?, madame, a defensora pública, esperando o mês passar, o que se pode fazer?, perguntava como num canto de uma cena lutuosa que nunca termina, como o uivo de um doente terminal, o que, o quê? Não me ligue tanto por favor e ainda por cima fora do horário de trabalho. O que posso fazer? Faça o que quiser, mas não se aproxime da casa deles. Não posso me aproximar até que distância, madame? Não posso responder a cada inquietude sua, estou nos tribunais, em audiências o dia todo, tenho outros clientes, mas vamos ser razoáveis, sim? Basicamente, a senhora não pode chegar perto do seu vilarejo, mantenha-se por esses meses a uns dez quilômetros de distância, assim saberá que não vai errar no cálculo. Estabeleça mentalmente uma linha intransponível, uma longa linha mental de dez quilômetros. Se infringir a restrição, ficará difícil para a senhora anular a sentença e, se o seu caso for julgado procedente, madame, bem, o tribunal de cassação não será uma saída para o seu caso. Que caso? Não me faça explicar toda a dificuldade do seu caso, não me faça gastar o dobro de energia com a senhora. Pela última vez, a senhora não é minha única cliente e não posso representá-la se não estivermos alinhadas na mesma luta, que será longa e custosa, embora possamos vencê-la um dia. Sejamos razoáveis e tenhamos paciência, ok? *Au revoir*. Sejamos razoáveis, disse a mim mesma enquanto atravessava a velha ponte pênsil do Loire, tão bonito com seus cadáveres ali dentro que chorei um pouco. Se alguém me visse agora, certamente pensaria que eu choro por causa de quão desgraçada eu pareço. Ter tudo e ser desgraçada, não ter nada e estar exultante, todas as combinações maliciosas possíveis e mais. Certa ocasião consegui o telefone da casa dele e algumas vezes liguei de madrugada e desliguei. Naqueles dias, à espera da visita de cada mês, o que fazer, trabalhar no que for com o objetivo de formar um dossiê mais sólido, urgente. Ter casa, carro, emprego estável, salário, vida social, ambiente favorável e recursos. Então a casinha decorada, as fotos do quarto dos meninos, as roupas novas compradas e o contrato em branco para trabalhar nos vinhedos. Durante todo o ano, semeadura e colheita. Tudo enviado para a defensora pública, anexado ao e-mail, assinado e digitalizado na loja de informática com impressoras do centro. Mas o que mais? Nada, senhora, disse a secretária do gabinete da vara de família, vou lhe dizer pela última vez, não temos mais paciência, espere, tudo o que fizer a partir de agora vai prejudicá-la. Perguntei no Centro de Ajuda Psicológica e Social de Cosne. Não há mais nada que possa fazer, está na lista de espera, chegará uma data de audiência. A senhora poderia ligar para o tribunal e perguntar quanto tempo falta para a convocação? Não posso, e, acima de tudo, tome cuidado para que não haja novas denúncias ou provas contra a senhora. No resto do tempo pode treinar, pratica alguma luta? Minhas mãos transpiram, não consigo dormir, só consigo comer até passar mal e ficar empanturrada. Vá ver uma profissional, uma equipe de ajuda, faça algum trabalho manual em grupo, já fui a esses lugares, no meio do colapso alheio sempre me levanto, peço desculpas e saio.

Não se decide nada ao longo de uma vida, você vai seguindo com debilidade a própria vida pelos caminhos que vão te indicando, vai tentando alcançá-la sem firmeza, sempre a poucos passos de cair num barranco, pedindo ajuda à pessoa errada, pegando carona numa estrada perigosa, fugindo de onde você tinha que ficar, ficando por engano. No máximo você ultrapassa a vida por alguns quilômetros como uma maratona noturna ao lado de um trem de carga, não se pode pedir muito mais. Tampouco se decide nada da vida sentimental, essa adrenalina que progride, essa lava ardente. O casamento longo, o amor num camping de férias, as paixões incestuosas, num lar de idosos, num asilo, num centro de cuidados paliativos, num lugar chique para a eutanásia, a maioria dirá o mesmo com as mesmas palavras: que se morre sem ter noção. Que vida teriam gostado de viver, senhores? Nem ideia. Do que se arrependem, senhoras? Nem ideia. Poderíamos fazer tudo de novo e tudo sairia de outra maneira. Nascendo na mesma cama, da mesma mulher, no mesmo dia, no mesmo ano, outra vida. Poderia não ter nascido nunca e tudo seria igual. A mesma casa vizinha com beirais, toupeiras e groselheiras, as mesmas árvores e a mesma maneira de cortá-las e queimá-las no início do inverno. O mesmo campo limpo e branco, ao longe nevado, de perto pequenas fezes de coelho. Ninguém conseguiu responder a uma pergunta muito simples: por que escolheu uma vida de solteirice total, acumulando divórcios, ou num casamento que chega à disputa final de quem desmorona primeiro. Mais uma vez penso nesse desabamento de bobagens para passar o tempo enquanto levanto e cerco as uvas, endireito as estacas, aperto os fios e classifico os brotos.

O supervisor, sobrinho do dono, fiscaliza. Vamos saltando de cama em cama, de cadeira em cadeira, em terapia intensiva, no salão onde jogam cartas e todos dão de ombros. Finalmente, a amnésia faz o trabalho sujo que ninguém quer fazer e varre tudo. A maioria morre distraída, por que tomou aquela estrada para lá e não para o lado oposto; podem se lembrar de fatos, quando desertaram da milícia, quando se apaixonaram por uma menor e se viam às escondidas no celeiro, mas não se lembram por que ou como, se tinha tranças, se tinha o corpo mirrado de uma criança, o que os levou a tal grau de debilidade mental. Continua me supervisionando, também não sou sua escrava para que olhe cada uma das minhas inclinações, século XXI, ei, lhe digo, século XXI. Atravessamos o canal a pé, de motocicleta, vamos para o penhasco ou para a cachoeira, sempre cometendo erros, mas até aqui eu cheguei, de tanto pensar nessas bobagens abstratas e inúteis não ponho precisão nos meus movimentos. Chega a hora de bater o ponto. Desculpe, tudo bem, até amanhã. Também não posso receber advertências no trabalho nem chamadas de atenção do diretor, tudo compõe meu perfil.

Decido voltar a andar de bicicleta, comprei-a na liquidação e tem várias marchas e luzes para a noite mais escura, às vezes me vejo de frente, um javali de olhos neutros e eu no breu total. Uma vez, quando estava com os irmãos, levei-os me esquivando de corujas e morcegos, nós três seguíamos gritando muito. Uma vez me perguntaram no meio do campo se era verdade que, enquanto dormem, eles engolem aranhas. Já saíram do colégio, sei o que estão fazendo, o que deveriam estar fazendo. Cheguei a esta idade sem tornozeleira eletrônica, não quero me ver um dia no balcão de um bar em Sancerre contando aos doentes que o que me levou a esta ruína, a este organismo desidratado, foi feito um dia sem que eu me desse conta, no qual trunquei minha vida. Ando de bicicleta pelas dunas deslizantes, já está frio, os caranguejos e caracóis resguardados. Imagino o que estão vestindo, os suéteres listrados ou de losangos da nova estação comprados pela vovó, sei como ela os agasalha como cebolas, os casacos acolchoados que nunca quis que ela vestisse neles. Já saíram, já mandaram que lavassem as mãos, já sentaram à mesa, já lhes cozinharam ovos pochê, já estão vendo televisão na sala de jogos, o vovô revolvendo as fagulhas da lareira. Observo as plantas e os caules longos crescerem sob a areia. O mundo é muito vasto, terra de auroras boreais, fiordes, vales de tundra, salinas, icebergs e golfos, mas, ao mesmo tempo, é tão diminuto o mundo, tão estreito, uma passagem curta como minha casa de aluguel, um vilarejo com uma igreja e um correio. Uma rotatória para o bêbado que dá voltas, a cara ensanguentada. Já deve estar amanhecendo, agora sim. Que amanheça, que volte a amanhecer várias vezes numa mesma manhã, ainda faltam cinco dias para a colisão. Às vezes imagino coisas grandes, uma cidade carbonizada, La Charité--sur-Loire sob chamas, o fósforo grisáceo na cabeça dos meus filhos de cabelos grisalhos.

Já é a hora, eles são deixados no portão do colégio faltando cinco minutos para o horário de entrada. Minha advogada também me pediu para tomar cuidado com o vocabulário na presença da assistente social e dos funcionários do centro, ex-agressores em estágios de reabilitação civil. Ninguém vai perceber se eu passar na frente da cerca, se eu espiar como eles dão um beijo no pai, um beijinho na avó, como eles jogam fora o chiclete rosa que dei a eles. O pai não os deixa mascar na escola, dei o chiclete a eles para que levassem nos bolsos internos, outros dão facas de cozinha de trinta e cinco centímetros. Não vão perceber se eu estacionar ali perto. Meu coração bate forte, como fui afetada, mas pude vê-los entrar com suas mochilas cheias, eu não queria que as usassem e tinha encontrado para eles umas com rodinhas, a avó insistiu, esses foram os dias dos primeiros arranhões, os dias das primeiras advertências. Eu os vi, eu os vi, é o efeito no cérebro do que te deixa louca, como dizer isso melhor, um estado de regozijo, é o efeito no cérebro do senil que reconhece o filho apenas por um instante no intervalo da sua demência. Eu os vi, eram meus J e E, consegui detectá-los rapidamente, num piscar de olhos, antes que a inspetora os levasse, eram eles entre seus companheiros, não sei o nome de nenhum deles, mas os meus estavam lá. Da próxima vez subo na árvore de galhos altos e vou descobrir como estão vestidos, como está o cabelo deles, se esfregaram os sapatos. Naquele dia, os vinhedos me pareceram mais íngremes e o jovem supervisor me parabenizou pela maneira como trabalhei: aplicada, metódica, enérgica. Ao chegar em casa, servir um prato de macarrão vermelho com queijo, tomar meias garrafinhas, sair para ver os cachorros que perambulam sem dono e às vezes jogar um pedaço de pão para eles, fumar como meu ex-marido fuma, cigarrinho atrás de cigarrinho. Mas, no meio da segunda tragada, olho para o céu e penso que eles estão indo dormir, escovando os dentes enquanto brincam de contar os dentes de baixo e os de cima, agora mesmo estão apagando a luz, eu quero ver isso, por que não posso?, se eu fosse uma lagartixa embaixo de um móvel eu os veria, se eu fosse um rato entre os vegetais na despensa eu os veria, por que não vejo nada e só minhas cinzas caem entre os dedos?, instalem pelo menos uma camerazinha para mim, vou perguntar para a advogada se é possível.

Acordo muito antes de o dia começar, sonho com algo entre um cão e uma raposa, repasso a lista, as meias, os sapatos de bico fino, as calças, as cores, não tão apagadas tampouco chamativas, não dar a impressão de outsider nem de animada, nem a rejeição à vida, nem a ânsia de vivê-la. Caminho até o local e chego bem mais cedo para que não se note a agitação, a veia na testa.

O coração tarda em se acalmar depois de uma longa subida. Me ensinaram a prender a respiração e pressionar como se estivesse defecando. Penteio o cabelo novamente no retrovisor de uma moto tunada e entro na sala. Uma assistente me recebe e anota meu número e a hora numa planilha. Me indicam uma mesa com três cadeiras e eu espero, as mãos sobre a bolsa. Trouxe para eles figurinhas, chicletes de vários sabores, marcadores de livros com cheiro de frutas e legumes. Os três chegam penteados e pontuais, ele sempre faz o que precisa ser feito, nunca nada fora da lei, passe o que passar. Degolar, mas dentro da lei, dizer-se pacifista com uma kalashnikov, dentro da lei. Perguntei e eles me disseram que não é conveniente, que é melhor não chorar, nem mesmo lágrimas dentro dos olhos, que eu também não deveria rir, nada muito teatral, nada brusco, apenas ser uma mulher sentada jogando cartas piratas, Monopoly, um quebra-cabeça de cem peças, com isso já vou poder comparecer à audiência, certo? Não é que só com isso eu já vou poder requerer a decisão no Tribunal de Apelação de Bourges? Ele olha suas mensagens, seus áudios, acende e apaga o isqueiro, solta fumaça, sorri por alguma coisa. Ele tem uma hora e meia para relaxar, e eu uma hora e meia para ser mãe. Lá dentro não posso perder nada, se eu olho para a parede ou para o teto, se me perco num detalhe do rosto da assistente, eu me sinto envenenada, olhe para seus dois filhos, flor de merda, eles estão aqui, aqui estão eles, a centímetros de distância, agora sim você pode tocá-los, eles podem te dar um beijo, oi, mamãe, eles dizem. Oi. Dizem que estão indo bem na escola, na natação, com a família. E montamos o quebra-cabeça de barco que eles escolheram entre outros de montanhas e castelos. Dou-lhes os presentinhos, nós os abrimos na mesa e mascamos, fazemos bolinhas, deixam-me tocar no cabelo deles, colocá-lo atrás da orelha, deixam-me fazer um bate aqui com a palma da mão, deixam-me rir dos seus dentes como torradeiras elétricas, deixam-me lhes perguntar se têm piolhos. Eu lhes digo que onde eu moro dá para ouvir corujas uivando, não são uivos, mã, elas ululam, me dizem, corujas, mochos e outros pássaros da noite ululam, espero que você tenha anotado que ele abreviou a palavra mamãe. Aves da noite, digo tirando uma barra de chocolate recheada mesmo que não se possa comê-la, parece que trabalharam num cabaré as aves da noite, e dou uma gargalhada, mas logo me recomponho. Quero ver o que mais tenho na bolsa quando detecto a ponta da faca, se me descobrem, se chegam a me revistar na saída. Dou a eles umas revistas em quadrinhos que já leram, eles me devolvem. Pergunto como estão sem mim, bem, bem, conto a eles o que estavam vestindo outro dia, não entendem, conto que os espionei. Lá fora, o pai joga a bituca nas flores e se dirige para a entrada, deu a hora. Não posso me aproximar, não posso fazer contato visual. Quero dizer algo para eles, mas a assistente os leva e vejo-os sair como se estivessem fugindo.

— • —

Do que sou acusada? O que diz textualmente a acusação? A senhora não leu? Devia conhecê-la em detalhes. De violência conjugal agravada pela presença de menores. Que gênero? Golpes perfurantes, chutes, escoriações, socos, arranhões, lesões com material inflamável, ameaças com um ou vários objetos cortantes não identificados, agravados pela presença dos menores em questão e de múltiplas testemunhas. A senhora é acusada de conduta inadequada, de intimidação e de submeter o cônjuge a vexações. Madame, sejamos claras: ao todo há cento e cinquenta acusações contra você. Por outro lado, há a falsa denúncia de arranhões que não puderam ser comprovados. Como posso esclarecer os fatos? Será bastante espinhoso, há mais de cento e cinquenta vozes contra você. Não são testemunhas, são inimigos, são aliados dele, seja lá o que for, madame, o terreno é movediço e pode nos devorar, pode devorar você. Uma vez por mês, o demandante não queria nem esse contato físico mensal. Na volta, outra vez as dunas, o curso do rio alterado pela noite em cascatas, uma noite outra noite como um derrame cerebral, as correntes violentas, os pensamentos atordoados como disparos que falham, falsos resistentes, denunciando colaboradores, colaboradores fazendo-se passar por heróis da resistência, falsas condecorações aos que caíram pouco antes do armistício. Um monumento com a lista dos caídos ao lado da única padaria onde se pode experimentar um bolo de ameixa. Degusto a sobremesa em frente à igreja carbonizada na estrutura de madeira, deve ter novecentos anos. Como terá sido a chegada do dia do incêndio, em que momento os moradores terão acordado com o cheiro de queimado? Será que tomaram banho, secaram o cabelo, acabaram com os piolhos, o que devem ter pensado antes que o pogrom os transformasse em cinzas, será que fizeram rounds de lutas sem luvas? Às vezes sem querer será que falam meu nome, ao passar, um nome desconhecido, será que se falará de mim como sua progenitora? Acabo o bolo, quero entrar na igreja mas está trancada com cadeado e uma porta vedada, imagino os fiéis ajoelhados na Idade Média, as casas fumegando ao redor. Pela primeira vez pego meu carro alugado e cruzo sua área, levo o porta-luvas carregado, entro em seu território com passagens e túneis encobertos, seu vilarejo, seu estábulo, sua pista de kart. Ainda não é noite fechada, acelero, nunca cheguei tão perto, não há necessidade de parar, não agora em plena cruzada, do outro lado do túnel, o mesmo onde brigávamos rodeados de pichações antijudaicas e números de telefone de serviços sexuais em domicílio. Sob a ponte onde ele me arranhava, me mordia, eu o sacudia, nos agredíamos antes e depois de pôr os recém-nascidos na cama. Lá onde as testemunhas juram perante a lei que me viram bater na cabeça dele sem parar e me autoflagelar, ali onde nos beijamos e nasceu o amor. De onde suas testemunhas nos viam?

Estariam pairando sobre a rodovia? Ali onde discutíamos para que os meninos não nos ouvissem, shhh filho da puta, shhh filha da puta, onde chegamos a nos jogar na estrada de pedras um em cima do outro. Passo pelo túnel e dirijo o carro a passo de tartaruga. Caminho até as janelas do salão. Três janelas acesas, as vozes da cozinha, dos seus quartos, da lavanderia. O cheiro dos meus filhos, a transpiração incipiente, o cheiro das suas toalhas úmidas, dos seus lençóis, o cheiro do seu talco, o cheiro dos seus corpos de manhã e à noite. Não me veem, posso me mover entre a lata de lixo e o ligustro. Um muro divisório resguarda a casa dos canais infectados com répteis e parasitas. Fico em posição de largada para vê-los o máximo de tempo possível. Nota-se que estão felizes, mas já sabemos como é a felicidade. A assistente social escreveu no relatório no dia da visita à casa do tutor principal: os meninos passam bem na ausência da progenitora. Vejo a casa dos meus sogros com as luzes dos abajures. No jardim, as cadeiras reclináveis de ferro que pintei, a horta que plantei desmantelada pelas tempestades de verão e minha roupa íntima estendida junto com as meias pretas, as longas pernas da mamãe penduradas no varal.

Na volta, o vento no rosto gelado, falsos e verdadeiros hematomas e arranhões nos braços e pescoço, falsos e verdadeiros boletins de ocorrência com fotos, impressões digitais e meus pertences pessoais requisitados. Tudo confiscado, tudo apreendido, roupas, papéis, o último celular e a memória com os contatos em saquinhos a vácuo. Na estreita casa de aluguel, como combinado a mais de vinte quilômetros, mas a menos de quarenta dos menores, eles não podem pernoitar. Também não consigo dormir, vou para a cama um pouco bêbada, cheia de comida, umas quantas garrafinhas de oferta pré-natalina tomadas e tudo absorvido como a explosão de uma granada. Ando de um lado para o outro no corredor da morte. Ida e volta como fósforo branco. Tapo os olhos, mas ainda posso vê-los. Cruzo o bar dos inválidos, operários e outras imundícies da sociedade, bebo no bar, cruzo de volta. Me masturbo sem prazer, só para fazer algo como girar o tambor da roleta-russa. No dia seguinte ando pelas redondezas, vejo meninos com mochilas maiores que suas costas, alguns com gorros de esqui me parecem ser eles, eu os sigo, eles viram a cabeça enquanto atravessam, eu me afasto para que não deem um alerta por assédio. Eu os procuro nas imediações da escola, outros talvez pareçam ser eles, mas à medida que se aproximam suas fisionomias são diferentes, como meninos velhos ou presidiários. O sol branco sobre os vinhedos é um disco voador. Trabalho o dia todo, mas mal, frouxamente. O inspetor gesticula para que conversemos num lugar reservado, sem que os outros da classe trabalhadora nos notem. Desço a ladeira sem saber o que vou responder, estou pálida, envelhecida, prematura. Só quero levá-los para ver carros de corrida planando de rampa em rampa, andando sobre duas rodas, saindo da pista, passando pela cortina de fogo e gasolina. O dia acaba e volto para a padaria e de lá para as janelas deles, mas já não me basta ser espiã, cuspir nas casas dos delatores, quero deixar-lhes uma mensagem, o mapa de uma ilha, deixar-lhes uma moto para quando puderem vir me ver. No meio da noite, deixar-lhes algo como a visita de um fã que se aproxima de seu ídolo disposto a tudo, como um doador de esperma incógnito. Adormeço de tocaia e, quando acordo, já apagaram as luzes, já se apagou o fogo. A casa da frente também, a transmissão dos intelectuais dos anos oitenta já acabou e os sogros bateram palmas. Vou me esquivando das poças no chão, chego ao meu carro escondido na mata e deito no banco de trás. No meio da noite me dou conta de que estou brincando de girar o tambor.

Nos dias seguintes não vou às suas janelas nem à escola, não posso ligar para o tribunal de novo, reconhecem minha voz mesmo que eu finja ser outra pessoa. Tento me infiltrar com sucesso na piscina da região, as outras mães com lenços levam a comida embrulhada em papel-alumínio ou em caixas de papelão, arrumam bolsas com óculos de natação e maiôs, xampus, esperam conversando nos bancos que cercam a piscina fria e a aquecida. Compro um maiô azul numa máquina, uma touca, pago uns euros e entro em total legalidade. No vestiário feminino ouço vozes, não consigo distingui-las, mas imagino a maneira de pôr o maiô do avesso, de jogar tudo nos lockers, de procurar moedas esquecidas nos armários de metal. Quando se dirigem em fila indiana para as piscinas, passando pelos chuveiros, eu saio do vestiário. Não tenho mais marcas visíveis, alguns arranhões que podem ser chupões no pescoço e nos braços, alguns golpes nas panturrilhas e nádegas que poderiam ser de uma bailarina aeróbica, de uma patinadora da seleção nacional, de uma campeã do hóquei. Mergulho na piscina aquecida. Eles estão lá, a touca e a água me disfarçam, não podem me descobrir. Consigo nadar na direção oposta e receber a água das suas pernadas, nadar contra a corrente dando braçadas, tocar na água que suas bolhas me enviam. Quando o professor manda que eles saiam, mergulho a cabeça, mas os sigo, dois patos molhados com suas sungas tricolores. No inverno, a noite aparece como um criminoso antes do tempo, vou a pé iluminando meus passos com a luz do telefone, os cabelos com cloro e os olhos vermelhos, brindo à minha ousadia no bar dos caminhoneiros de longa distância, caminhões gigantes de carga com reboques. Como conseguem dirigir tamanha monstruosidade da Europa ao Oriente Médio? Parabenizo vocês, senhores caminhoneiros, eu disse, e todos nós brindamos e cantamos no bar da estrada. Se eu mostrasse o porta-luvas, não agiriam assim tão bonitinhos, mas vou deixar por isso mesmo. Quase ninguém mais percebe as marcas ou os arranhões, segundo a polícia especializada eles não podem vir de mãos alheias. Nunca me arranhei, oficial, declarei na delegacia, a menos que tenha caído no sono, disse um jovem cadete. O DNA não mente, senhora, e me fizeram um simulacro de arranhões com um policial que o interpretava. Não quero mais ir ao vinhedo de madrugada, a conta bancária quase negativa, o tanque com poucos litros, sigo esperando a visita, mas sem que me sacie minimamente, o bêbado que só aceita vodca spirytus, não quer nada destilado e esvazia perfumes e produtos de limpeza de primeira linha. Uma ou duas vezes trepo na árvore de onde vejo a grade da escola, o pátio interno com a mesa de pingue-pongue e o aro de basquete, meus filhos lá dentro mascando, rindo, as outras entram e saem de cabeça erguida. Os três cercados de água e sal, de orfeões, de mar morto. Vejo a mim e ao meu marido de costas, rebocados para o vilarejo dos lagos, os vizinhos dormindo em seus colchões, os irmãos testemunhas oculares.

Sento num bar, as cadeiras e as xícaras com teias de aranha, quais homens podem ter bebido lá pela última vez, procuro como posso fazer crescer as chamas. Elimino a procura. Um deles está do lado de fora dançando sobre as madeiras, o outro é visto deitado no sofá com uma maçã. Tiro fotos deles, faço vídeos, para alguma coisa vão servir. Pela primeira vez ligo para ele, é proibido, ele me diz, você sabe. É preciso esperar. Vejo-o fumar, vejo-o rodeado deles, alô. Alô. Alô. Você não pode me ligar. Eu sei. Então não me ligue, tenha paciência, e desliga. Não desligue, mas já desligou.

Volto a ligar. Não te escuto bem, mas eu sim. Posso falar com eles? Você me obriga a relatar sua infração. Os dias passam rápido. Agora não estão, foram jantar na casa dos meus pais, eles pediram porque estamos de partida. Como assim de partida? Para onde vão? Vamos surfar com uns amigos que moram no sul. E desliga enquanto acaricia a cabeça de um deles. O resto da fumaça na terra me deixa pensando. Sem dormir, recosto-me atrás dos montes de areia onde dormem os sem-teto que fracassaram, onde alguma vez deve ter havido piratas e traficantes. Da janela do sótão, meus sogros veem como linces a vista panorâmica, a porteira, seus quartos.

Como fazê-los sair como ratos de uma colônia escondida numa toca, dar-lhes algo que os faça perder a consciência, enfraquecê-los. Caminho pelos arredores da casa coberta pelas altas e antigas castanheiras, a corrente de geada levanta grandes quantidades de folhas e as espalha com um murmúrio musical. No curral adjacente há galões, entulho, feno e palha amontoada. Eu poderia facilmente me aproximar por trás da casa abandonada da bisavó e incendiar o curral. Um fogo crescente na grama ressequida que tenha combustível suficiente para alertar o sogro e o marido, atraídos pelo calor. Acendo o isqueiro e aos poucos a montanha vai se iluminando, resplandecendo, cintilando, ganhando altura até que o curral todo está em chamas. Não demora muito para o fogo chegar ao telhado. Aos poucos os vejo sentir a pestilência e sair em busca de água e de um extintor. Vejo-os de roupões e cuecas, enfurecidos. A velocidade do fogo os domina. É preciso agir. A sogra sai de casa e grita. Entro, pela primeira vez depois da sentença, pela porteira, pelos arbustos noturnos que funcionam como muro divisório, pelo jardim. Me movo dentro da casa como um fantasma, pego o mais leve e na confusão das chamas o deixo no banco de trás, corro para buscar o segundo, como corpos a ser resgatados de uma emboscada fanática, e o deixo sobre seu irmão. De imediato, seus corpos não se parecem com eles.

O galo cantará dentro de pouco tempo, a menos que tenha sido calcinado com as galinhas e os ovos. Algumas galinhas aparecem bicando insetos, de fome aspiram demasiado e depois andam com poucos reflexos. O galo deposita o esperma na entrada da cloaca da galinha, se a fecundar haverá descendência, se não, ovos fritos. No porta-malas estão os presentes, a comida e a barraca embaixo de um saco de estopa. O motor soa como uma carroça conduzida por cavalos veteranos. Viro no sentido oposto ao da estrada, as galinhas saem de uma casa vizinha e avançam pela calçada como sobreviventes atordoados. As chaminés do vilarejo vomitam fuligem impura, moída, todo mundo precisa de um limpador de chaminés, mas o da região se aposentou. Dou uma volta pela piscina onde, se eu tivesse nascido num verão em 1877, estaria mergulhando calças e cobertores e teria direito a uma vida doméstica, curta e simples. Avanço pela casa de dois andares com varanda, estamos no final dos anos vinte, dentro daqueles muros um casal se conheceu pouco antes da ofensiva. Depois de viagens aos Alpes e escaladas de montanhas como apaixonados, hoje os dois com demência senil vivem como estranhos. Eles se cruzam no banheiro no meio da noite e gritam socorro! Eles se cruzam no corredor com os quadros das suas bodas de ouro e chamam a gendarmaria porque um desconhecido entrou para roubá-los. Os vizinhos lhes trazem pão e sidra no Natal e toda vez se apresentam de novo: encantada, diz Lucette, encantado, diz Bernard, e nasce o amor. Nasce o amor, morre o amor, nasce o amor, morre o amor, ele tantas vezes se conecta e desconecta numa mesma vida quanto uma rede elétrica. Avanço até o final do vilarejo, contorno um lago pantanoso com aranhas d'água e jacarés, ao redor pulam dois cães carniceiros da raça rottweiler.

Não acredito que fiz isso, ainda não consigo acreditar que não estou na casa estreita fantasiando. O vento arrasa com os potrinhos desnutridos, os fios eletrificados, os filhotes de ouriços. A neve pode se diluir ou se tornar uma arma letal. Antes de tudo, na última noite nos dissemos alguém vai se machucar. Ele me anunciou que ia se proteger e fazer valer seus direitos. Como?, lhe perguntei, você vai comprar uma pistola de ar comprimido? Vou me defender, você já vai entender o que são o legítimo direito de defesa e o princípio da inocência. Ah, o grande amparo dos culpados. Nenhum dos dois estudou Direito, não importa, falamos como eles, um dia montaremos um escritório juntos. Lá vou eu, uma senhora mãe ao volante como as outras com lenços e lancheiras, como as que entram na escola, saem, de cabeça erguida diante do gendarme. Já está clareando, numa das últimas noites vieram para a nossa cama, eu os senti se moverem em seus colchões como imigrantes nas embarcações flutuantes. Vão a pique, se desinflam, ninguém fez curso de natação, um movimento de pânico e todos caem na água num efeito dominó. Se eu estivesse afundando com duzentos imigrantes em cima, esmagaria o que fosse para poder respirar, se eu estivesse entrincheirada numa montanha humana e ouvisse os fanáticos chegando ao longe, eu me enfiaria sob outros corpos. Olho pelo retrovisor e eles ainda dormem.

Dirijo com os olhos fixos em cada trecho de asfalto. Dirijo sem conseguir parar de olhar para as listras brancas na estrada. Uma, duas, três, infinitas listras brancas que nos distanciam. Não me importo com nada, estão comigo, quando acordarem poderemos festejar o reencontro dos prisioneiros, a troca bem-sucedida de reféns, podemos parar para tomar café da manhã, decidir juntos o que faremos de agora em diante. Quando me encontrarem, se me encontrarem, vão trazê-los de volta pelo caminho do aqueduto de ferro sobre o canal, as barracas convertidas em asilos. Vão comer ovos recém-chocados, a gema dura de células germinais, vão falar da casa queimada, do seguro, da reconstrução, dos consertos, da pilha de madeira incinerada como memória do crime, da sentença final. Com isso, ela mostrou demasiado rápido sua verdadeira cara. Silence!, com um soco os avós gritarão com eles, na mesa não se fala, e todos comerão, o barulhinho da boca com a baguete. A língua francesa é a língua da ordem, o espanhol, o fiasco. Para a cama, já dissemos! Os sogros lhes dirão, e sem reclamar. Devem ser seis da manhã, ou um pouco menos, menos sim, as pessoas aqui deixam os postigos trancados até segunda ordem. O carro se sacode e gasta mais combustível. As placas alertam para um possível acidente fatal em razão da sonolência do motorista. Na A77 não circula ninguém, durante um longo trajeto pelas saídas A26, A27, A28, A29, A30, não vejo nem um carro sequer, apenas um ônibus escolar num acostamento, mas nenhum caminhão de carga levando armas para Bakhmut. Quando chego à saída A32, pego a ladeira em direção à entrada de Pougues-les-Eaux, estou a quarenta quilômetros da casa e ninguém percebeu, continua a tranquilidade da fumaça da chaminé como densas nuvens baixas, como um cogumelo tóxico amigável. Paro na estação de Pouilly, as carcaças derrubadas inundam as valas. Antes de descer, olho para os lados. Em frente à bomba de gasolina tenho dificuldade para levar a mangueira até a boca do tanque.

— • —

Eles estão comigo, aqui estão, estou eufórica, não controlo nada, isso é euforia, né?, como é que se vai controlar alguma coisa, eles estão comigo, olho para os dois, fecho o carro, abro. Olho para eles a cada tanto, torcendo o pescoço e perdendo a direção. Estou com tanta fome, começo a comer ao volante, a comida cai entre minhas pernas, quando estavam comigo sempre aspirávamos os assentos juntos, tirávamos os biscoitos, os doces e encontrávamos tesouros escondidos, anéis, brinquedos, moedas. Os meninos estarão em meus braços, compridos como congros, a menos que não queiram, que rejeitem seu salvador. O que a advogada vai dizer, vai renunciar, vai me processar, vai me vender para o adversário, o que vai dizer a adjunta da advogada oficial? Ainda não chegaram mensagens ou ligações, não passou mais de uma hora, meus sogros devem estar envoltos em chamas.

Já nos afastamos o suficiente para poder fazer uma parada e mijar. Me pergunto a que horas vão alertar todo o condado, se não vão primeiro procurá-los pelo vilarejo, incluindo as caixas d'água, arrastando os demais para uma marcha branca, se antes não vão tentar negociar com o telefone grampeado. Se antes não vão procurá-los entre os escombros carbonizados, eu me pergunto se vão depositar flores e bichos de pelúcia ali. Saio para fumar, olho para J e E, relembro o momento em que decidimos os nomes. Olho para eles através do vidro embaçado, estão dormindo, mas de repente meu sorriso desaparece, é um segundo em que me dou conta de que a pálpebra está tremelicando e pode ser que eles estejam fingindo dormir, estão disfarçando para abrir a porta em movimento e saltar, atravessar os campos aos gritos de socorro. Um granjeiro os encontra ou procuram um telefone público, entram na casa de uma idosa e imploram para que ela localize seu pai. Eu me vejo no reflexo, minha tranquilidade se vai, posso sentir a desconfiança do porco quando se dá conta de que vai ser seccionado, mas não ainda. Os dois adoram carne de porco, ir aos criadouros, acariciá-los, degluti-los. Imagino que eles não possam ver que são o mesmo animal, o que descansa no sol e o deglutido, mas que besteiradas estou pensando, outra vez no pântano mental. Quando acordarem, o que vão dizer, o que verão em mim, quando acordarem de vez, o que vão querer fazer, pendurar um cartaz, correr pela rodovia fazendo sinais, comemorar pulando numa cama tripla de motel.

Os telhados, as igrejas desertas, tudo recoberto pela primeira neve purificadora. A neve esfrega as pulgas, as fetidezes, os corpos dos furões atirados contra a calçada. O que estará fazendo agora, rodopiando pela casa com as mãos na nuca, indo a pé, ferindo-se com ferros, com espasmos nas solas, procurando por eles como um touro selvagem, alertando a delegacia, chamando todos os vizinhos para lhes pedir que voltem a depor. Ontem meu marido comia da minha mão, enfiava a bola no aro, os dardos no tabuleiro e hoje a vida virou de cabeça para baixo. Ele e seus pais não os veem de nenhum lado, hein, ele e meus sogros não sabem onde estão, hein, e suspeitam, mas não querem admitir, o alarme da pior opção de todas já ressoa. Mas, antes de aceder ao pânico geral, inspecionam todas as casas do vilarejo, os galpões cheios de penas, os sótãos acarpetados com bebidas alcoólicas e caves, batem de porta em porta.

Sento na cama, centenas de moscas zumbem contra as janelas, envoltas nas cortinas. As paredes, as pernas dos móveis recém-pintados, tudo zumbe como dentro de um ovo. No chão, uma capa preta gordurosa de moscas vivas, no lapso de morrer. Nos lençóis novos da casa estreada, moscas se movendo sem poder voar. Ando pela casa, pelas portas de vidro me dou conta de que meu sogro não apagou a luz do sótão onde trabalha. Eu o chamo. Vem sorrateiro, na ponta dos pés com as meias, na boca uma fumarada, um boné sujo no crânio. Eu mostro o desastre, ele põe a mão na minha boca, que nojo, é para que as moscas não entrem. Volta com um fumigador e um mata-insetos elétrico, máscara e indumentária. Me entrega uma raquete elétrica. Espero que se cansem, quando elas param apoio a raquete, vejo-as queimando, algumas com muita vontade de viver. Agora vá buscar os ovos das fêmeas, me diz, estão no lixo. Encontro os ovos, formo uma fila, queimo-os. Eu o vejo tendo prazer em matar, envenenar e carregar um saco. Nas janelas e alpendres, dentro das sandálias e sapatos de borracha, detritos. Como conseguiram entrar, a gente estava com tudo trancado, falo para ele. Elas não entraram, diz ele, já estavam esperando por vocês aqui dentro.

O mundo é árido e branco. Agora sim, o telefone toca, para, toca de novo. Restam as chamadas perdidas. Tudo se acelera como um avanço no Leste, como o segundo ataque aéreo depois do choque. Eu poderia ter colocado bonecos nas cadeiras de balanço, funcionaria por um tempo, poderia ter deixado um bilhete com ameaças, uma bomba caseira programada. Poderia ter contratado um sicário por pouco dinheiro, poderia tê-los amarrado, amarrado nas pernas da mesa, um pogrom. Me pergunto o que posso dizer a ele, se tenho que responder, se tenho que fazer como ele, deixá-lo passando vontade. Meu telefone cai, eu os vejo pestanejando. Depois vou ver o que fazer, a quem pedir ajuda, se devo desmontar o telefone como os namoradinhos com cara de anjo de meninas desaparecidas. Depois a polícia o encontrará num buraco. Isso é dia a dia, e, quando estiver cercada, será hora a hora, se resolverá minuto a minuto. Toca, freio, saio ejetada, atendo no acostamento. Está assustado, eles estão com você?, escuto meus sogros falando atrás dele, acharam que o pior tinha passado e já estavam se acostumando com a ideia de reformar e transformar os currais em garagens de aluguel para parisienses. Disse-lhe com uma voz seca, a mesma que ele usou ontem, que se acalmasse ou eu ia desligar.

Oi, oi, meninos, eles esfregam os olhos, oi, sou eu, a mami, agora vocês estão comigo por um tempo, os meninos abobalhados, não olham um para o outro. Não se preocupem, o papai ficou com os vovós porque uma parte da casa pegou fogo e eu vim salvá-los e levá-los numa aventura. Cheguei à noite para salvá-los da fumaça virulenta, tinha sonhado com vocês e resolvi ir vê-los, cheguei na hora. Não se preocupem, logo vamos voltar, são umas férias. Estão com fome?

Ao longe, a sirene de um carro patrulha. Saio da estrada principal para uma secundária. Se aproxima lento o meio-dia, os meninos olham pela janela, de vez em quando trocamos olhares como raios inflamados. Paramos num bosquezinho, uma mesa de madeira e alguns banheiros para os peregrinos, sentamos, tiro umas sacolinhas, já sou uma daquelas com sacolinhas, biscoitos baratos, batatinhas fritas, uma bebida com gás. É preciso engordá-los para que possam hibernar, para que tenham reservas, para que aguentem longos dias com o estômago vazio se decidirem fugir, se um degenerado de uma garagem os convidar para ver seu carro fantástico. Sequestrados aguentaram sessenta dias sem beber ou comer, por que não eles? Preciso decidir para onde ir, tudo deixa evidências, por um lado, será preciso pensar em apagar, dissimular e sujar as impressões digitais, a saliva, as secreções, mas, por outro, é melhor se mostrar, deixar rastros, indícios de que estávamos vivos, cumprimentar a câmera, hello, que me vejam sacando dinheiro em cada caixa eletrônico, que me vejam no posto de controle costeiro, que me identifiquem nos pedágios. Tiro os presentes do porta-malas, falo para eles se virarem. Um, dois, três, eles abrem, são trajes para se camuflar na natureza, era isso que eles queriam? Eles os vestem e se enfiam entre as árvores.

Leva muito tempo para a vida se tornar real, às vezes nunca acaba de se tornar real. É que tudo acaba sendo menos do que pensávamos. Fantasiamos que chega um momento em que a vida irrompe em nós, penso isso no carro, consegui encontrar as presas camufladas dentro de uns troncos. Fantasiamos que a vida irromperá um dia, gloriosa, estonteante, estamos convencidos de que de um momento para o outro ela vai explodir, mas nunca sabemos quando, ficamos na expectativa, e no fim tudo era falso. Ponho "Don't Dream It's Over", lá atrás as vacas deitadas com os bezerros, os bandos de aves para o sul, quantos para o norte para procriar e preencher os ninhos. Hey now, hey now. Don't dream it's over, Hey now, hey now, When the world comes in, a música me leva ao calor rosado, picante da infância, ao corpo com erupções cutâneas, ao corpo lavado sem libido dos verões de cobras. Todo o caminho com essa vaga impressão praiana, estival, de areia ardente, da orla com avós, tios, primos e vizinhos de barraca todos já sucumbidos, de mar agitado que arrasta a bandeirinha preta triangular, de mar revoltoso, de cheiro frutado ao sol, cavando poços na praia. Aquela angústia dos dias da orla na janela aberta para o descampado, de crianças atrasadas escondidas dentro da lona verde, de pais vivos, de filhos ainda não nascidos. Eu me sentava com o maiô abaixado nas pedras e imaginava que precisava pari-los, mas não sabia de onde. Aquela época de crimes não cometidos entre casais que se servem de mate e comem pães doces dos Tupperwares. Os meninos se abraçam até os ossos doerem, esses irmãos se amam até o fim. Me olham com frieza; o reencontro de Svetlana Alilúyeva com Chrese Evans, Iósif Alilúyeva e Yekaterina Zhdanova. Eles vão para onde eu os levo, à minha mercê, conformados. Os meninos atrás como heróis caninos, como o menino Mozart, repita, repita. A qualquer momento minha advogada liga, arma um escândalo e pede para eu me entregar. O poder magnético do amor, o momento de ter alguém à mercê como num bloco operatório, as zonas marcadas em vermelho, os genitais expostos, o corpo inteiramente aproveitável para uma cesura, um enxerto, uma ablação. Meninos, lhes digo, e viro a cabeça, filhos, agora estamos sozinhos, vocês não estão com medo, né?

Uma placa de madeira anuncia a entrada para Prémery. E uma enxurrada de mensagens antes de entrarmos na boca da floresta: Você pode me dizer como estão? Onde vou buscá-los? Quando o medo muda de lado, essa é a única coisa verdadeiramente justa. Nenhuma audiência à vista, nenhuma resposta judicial, nenhuma estratégia, nenhum acareamento. Aquele momento em que tudo se balança, aonde vou para trazê-los comigo? Avise-me antes que eu chame a polícia. Estou dirigindo em alta velocidade, por querer ler as mensagens o carro se sustenta em duas rodas, eu me faço de engraçada, não é nada, é um golpe, nada mais! Vamos sobreviver! A mamãe sabe dirigir, dá para ver?, os meninos vão agarrados. Deixar-lhes de herança uma pitada de euforia, meu legado. Ao entrar em Prémery, perco o sinal, é um alívio não receber súplicas, fazemos uma parada, mijam num tronco carcomido por fungos e espigado. Vamos pôr as roupas de novo? Nós três nos despimos no frio, nossas três bundas ao ar livre como presas fáceis, aos poucos vamos nos convertendo em folhagens e nos escondemos. Depois nos atiramos sobre as folhas, rolamos, uma caçada em curso nos espanta. Todo esse tempo que passamos separados foi tão longo quanto uma campanha de trincheira, mas já acabou, vocês estavam bem sem mim? Eles não sabem o que dizer, se fingem de bobos, de doentes. Tudo isso que se diz sobre a mamãe é falso. Nunca fiz nada de errado. Percorremos a floresta com as janelas e portas fechadas, atravessamos toda a Prémery como as águas do lago Piru. Um xerife virá buscar meu corpo em caso de óbito, trará um reboque, mas primeiro um caçador verá os irmãos sujos, perguntará pelo papai deles. Ao sair de Prémery, meu telefone toca sem parar como um alarme para a detecção de parada cardíaca. Onde estão, para onde você os levou, onde os escondeu? Você vai perder o pouco que tinha. Diz que esteve no hospital em Nevers para ver se talvez algum vizinho os tivesse levado de emergência por causa do incêndio. Foi informado de que nenhum menino com o nome dos nossos filhos tinha dado entrada. Pediu-lhes que olhassem de novo, tirou das mãos deles a lista das crianças na sala de espera, as internadas, as que tiveram alta, quando não encontrou seus pequenos, insultou e deu pontapés na porta. Atravessou os corredores com máquinas de café como beberagens sujas, ali onde tomam sopa instantânea os pais que nessa mesma noite perderão seus filhos após a reanimação. Deu um golpe no vidro na frente de um segurança, que pediu para ele se acalmar ou seria multado por perturbação da ordem em local público.

Vamos os três a duzentos quilômetros por hora sem abrir a boca, tanto que depois, quando pergunto a eles se querem parar para comer, minha voz soa estranha e descemos do carro. É quase noite, inacreditável, meninos, já é de noite, estou espantada; não tem escola, mamãe?, vejam a queda dos besouros. Vejam os besouros como mísseis! Estaciono numa área de barracas e cabanas de madeira flutuante. É tudo bastante rústico, olhando para cima ninguém poderia adivinhar se a cabana ultrapassa o escuro ou desmorona. Eu os tiro do carro como se soltam cabras das montanhas ou sapos dos pomares. Eles brincam enquanto procuro o local onde alugam. Dou uns passos, uma placa faz alarde da qualidade das árvores longevas, castanheiras, plátanos, capazes de resistir quinhentos anos. Tiro do porta-malas o saco de ferragens com as varetas, as lonas, as cordas, os ajustadores e o sobreteto. J e E circulam com estacas na mão. Cravo algumas, mas ficam tortas, de repente vejo um homem dentro de uma cabana. Romain, ele se apresenta, precisa de ajuda? Nós três observamos enquanto ele volta a cravar as estacas no sentido contrário e todos juntos instalamos as cordas. Caminhamos abrigados com balaclavas pela beira de um lago. A barraca flameja como um navio ancorado há décadas. Quem era aquele cara?, não faço ideia, digo a eles. Voltamos a pé. Como é bom vê-los comer nozes, jogar tomates um no outro, desfigurar-se um sobre o outro, como é bom vê-los engordar, se encher, construir um corpo fornido. Eu como com a mão, sem mastigar. Poderíamos almoçar uns aos outros, se necessário, é uma forma de vida aceitável, comunitária e até moral, morrer uns nos outros. Conto para eles uma história sobre ursos-pardos famélicos e sobre como eles engolem quem acampa sem spray ou espingarda nos terrenos rochosos do Alasca. Conto para eles as últimas palavras desses homens antes de morrer, que são: não quero morrer. Vejo-os caindo no sono como à espera do fim de uma melodia.

— • —

ARMAND: O que sua advogada disse sobre isso?

LISA: Não falei com ela.

A: O incêndio é tentativa de homicídio qualificado.

L: Chega um momento em que nada mais se pode fazer...

A: As defensoras públicas não são boas?

L: Alguma hora algo tem que ser feito.

A (*Ouve-se a sogra*): Ela vai pagar por isso...

L: Diga que ouvi o que ela falou.

A: Ela diz que te ouviu, diz que não se importa.

L: Vai acontecer a mesma coisa com você.

A: Com isso, você já sabe o que vai te acontecer.

Desligo e quero que tudo voe, palmeiras, ninhos fecundos, nossa casa semiconstruída, as tocas de coelho. O silêncio era majestoso nas redondezas, não conseguia ouvir nem um estalido, nem mesmo o sopro contra a lona. Fico parada nessa abertura de terra pensando em cavar um túnel. Um longo túnel, carregar quilos em sacos de terra nas costas pelos próximos anos, cavar os três, como uma pessoa que enlouquece por ouro e cava embaixo de sua casa, embaixo da casa dos vizinhos, convencida de que há um tesouro. Comemos a areia para que ninguém desconfie, montamos as traves centrais com bastonetes de surimi e ossos, suportamos as descargas elétricas das enchentes e as conexões elétricas das bombas. Depois cavamos novos túneis com bolhas nos dedos, golpes na nuca contra as vigas. Tudo vai valer a pena e depois nadar no rio ou em balões de ar quente. Toda uma vida milimetricamente para ir embora.

A: Tudo foi destruído.
L: O vento.
A: Foi o que o juiz disse.
L: Eu estou com eles, depois te devolvo os dois.
A (*Ouve-se a sogra*): Tentativa de homicídio.
L: Tudo se inflama rapidamente com o vento.
A: O protocolo já está ativado, não tem muito mais.
L: Na primeira vez debaixo da ponte, fomos felizes.
A: Volte, Lisa, não existe lugar para onde você possa ir.

Ouço a briga entre o filho e os pais. Vejo como uma luz se aproxima da barraca como um disco voador. Chego à barraca, a luz se move à medida que abro o zíper e os encontro pernoitando. Não sei exatamente a data em que nasceram, que dia da semana, que estação era, se choveu naquele dia, eu gostaria que não pudessem crescer.

A: Sua advogada nos disse que não consegue te encontrar.
L: Vou explicar e ela vai entender, é mulher.
A: Isso vai te ajudar muito...
L: Me dê um tempo.
A: Dá para ver que você não entende as leis. Vou passar para a minha mãe, que ela quer te dizer uma coisa.

L: Não quero ouvir.

SOGRA: As pessoas passam pela nossa casa para prestar solidariedade, para testemunhar. (*Para o filho.*) Você pode mandar sua esposa calar a boca?

A (*tirando o telefone da mãe*): Saia, mamãe, eu cuido disso.

SOGRO: Ser mãe para isso...

SOGRA: Quanto dinheiro ela quer?

A: É isso, Lisa, volte.

SOGRO (*tirando o telefone do filho*): É um problema de documentação?

A (*tirando o telefone do pai*): Estamos o dia todo sem dormir.

SOGRO: Você não pode andar por aí com meu carro.

A: O carro é meu.

SOGRO: Fui eu que paguei.

SOGROS: Você o deixou ensanguentado.

A: Fomos ao pronto-socorro.

L: Mas você e eu sabemos que não é verdade, que houve risos, que você estava feliz.

SOGRA: Diga para sua mulher calar a boca.

Um morcego pende de um galho e adormece.

Abrimos a barraca, sorrimos para a água, juntamos moscas pretas com os pés descalços, algumas entre os dedos. Fazemos uma montanha e as jogamos na água. Vemos que navegam abrindo passagem, de cabeça para baixo, outras já no fundo, algumas se movendo com o peso das ondas contra elas como barcaças. Deitamo-nos para comer as últimas sardinhas e uvas-passas. Lambemos os lábios, estamos engordando num ritmo veloz, mas o que mais se pode fazer, de que outra forma comemorar? Às nossas costas saltam toupeiras e porcos-espinhos tão famintos quanto nós. Sinto o movimento de suas patas na terra, desconfio dos castores não adestrados. J propõe adotar um porco-espinho para o resto da aventura, eu prefiro um esquilo como copiloto, E prefere um porquinho-da-índia. Vamos jogar um jogo, o primeiro que passar, a gente se joga nele, quem consegue prender uma pata escolhe. Proponho procurar uma rede, os dois escarafuncham o terreno. Ao longe, vejo um homem caminhando na minha direção, mas desviando o olhar. Enquanto ele se aproxima, os irmãos procuram arames, algo para fazer a armadilha. Ele se apresenta como o encarregado do local, da sua calça pende um molho de chaves de carcereiro. Eu não sabia que esta terra tinha dono, eu lhe digo, parece um funcionário vitalício, é da Comuna, madame, mas eu a administro. Eu lhe devo alguma coisa pela noite? Temos que registrar sua presença e a dos menores. Eles estão de férias, na região deles é zona de recesso. Seja como for, preciso fazer um registro. Entendo, ele precisa de documentos, a gente junta as coisas e vai. Tenho um pequeno escritório na cabana ali em frente, é claro. O homem se afasta com as chaves soando como um carrilhão no pescoço macio e retorcido de um bovino. Reúno nossas roupas dentro da barraca e a desmonto como os vendedores senegaleses quando gritam police diante da Torre Eiffel. Cavam um buraco, só têm que esperar o roedor para atacá-lo com seus braços em forma de tesoura. Rodeio a propriedade dando a ideia de que vou ao escritório. O homem levanta o braço em sinal de espera, sorri para mim, acelero no terreno esverdeado, corto o caminho e passo a toda velocidade em frente à cabana.

Ouvimos never ending story, aaa aaa aaa, never ending story na direção noroeste. Faço mal as trocas de marcha, os meninos riem do jeito que dirijo. Um predador noturno, olhem, é uma anomalia da natureza, eles deveriam se mover à noite, planar rente e cheirar tudo o que se move, agora não está no seu habitat. Ele tem uma asa a menos, mamãe, uma asa pendurada no corpo dele, atiraram nele?, por que vão atirar nele? É um mau presságio, uma harpia. O que esses bichos comem? Ele vai nos atacar? Pescoço e carcaça. Se chegarmos perto, ele nos ataca? Gosto de vê-los assomar pelas janelas como tobogãs de água picante. Ficamos vendo como a asa se desprende e cai aos nossos pés, a coruja se sacode, dá voltas sobre nossa cabeça, de repente sobrevoa a uma altura baixa à procura de uma presa roedor e musaranho. A coruja se desdobra e, ohhh, é muito maior, é um pavão, uma águia! E tem medo, a coruja silva, estala o bico e começa a mover a cabeça furiosamente, a cabeça e o bico pesados da coruja se soltam. Nos enfiamos dentro do carro, não deveríamos ter parado, falei, eu sou uma imprudente. Im-prudente, mamãe im-prudente!, eles cantam, mas esse não é o meu nome, ei, lhes digo. Vocês sabiam que quando nasci eu não chamava mamãe? Eu não me chamo mamãe de nascimento. E como você chama? Você tem outro nome? Não vou dizer por enquanto, mas podemos nos dar um nome para a viagem. Eles não podem acreditar que nasci sendo outra. O resto do caminho procuramos nomes para cada um: Johnny, Clarece, Stalina, Billie, Claus, Lev, Lje, X.

Estaciono numa estrada paralela, o essencial é que não pareça um lugar perigoso. Não que estejamos a salvo, sempre pode aparecer um fugitivo dos centros de reabilitação com um penico, em especial aqui onde os hospitais psiquiátricos estão escondidos atrás de lianas e onde reina o ódio ao ódio, ódio ao ódio e a deixar-se decapitar sem reclamar. Desligo o motor. Que motor barulhento, finalmente se escutam as borrascas, o início do tornado. Saio para o frio, desafivelo os dois, eles fizeram xixi, ainda não controlam os movimentos, procuro cuequinhas com desenhos de ninjas e foguetes lunares. Às vezes as visto ao contrário e eles ficam com a bunda na frente e o pinto atrás, se eu troquei de cueca dez vezes desde que saíram das fraldas é muito, é sempre isso de eu pôr ao contrário, deixa, você põe mal, e outras mãos se ocupam de remover a pele amarela. Que ternura, um leva a roupa para o outro, um corpo vai se estendendo no caminho vetusto que o outro pavimenta para ele. Enrolo as roupas mijadas num saco e coloco no porta-malas, amanhã vamos encontrar um lugar para cortar o cabelo. Imagino alguém em pé num pelotão de execução diante da fila de gendarmes com fuzis. É a última hora, é preciso escrever um testamento, imaginar o rosto da sua mãe quando ela receber as palavras da sua execução, as palavras, três ou quatro, da sua dissolução. É isso, você se dissipou, você se volatilizou, você não está, não é, não foi, não nasceu. Mas nem o adeus se escuta, adeus. Pouco antes de ser conduzido ao paredão, levam-no para sua cela. Imagino esse estado de descontrole neuronal, de torção, de perda de espaço sazonal. Imagino uma cela com quarenta prisioneiros velhos, todos condenados no corredor mortuário, imagino um telefone ingressado de maneira clandestina, aqueles apelos à vida lá fora, à salvação de última hora, as vozes dos que vivem ao sol. Vão executar todos nós, todos nós!, dizem encapuzados do telhado da prisão. Imagino o dia da saída de um detento depois de uma condenação russa, sessenta anos num buraco, seu veredicto de fuzilamento cai no último minuto. O homem caminha passo a passo na calçada contornando o muro da prisão com uma euforia de outro mundo. Como um chimpanzé de laboratório nascido para experimentos no primeiro dia em que vê o céu.

As janelas embaçam com o hálito do sono, parece um carro lacrado. Fecho os olhos e volto a ver o incêndio. Até onde será que as chamas chegaram, será que roçaram as nuvens? Enrolo o primeiro cigarro no capô pensando em como roubar mantimentos dos supermercados das periferias. Ao longe, a rodovia com o tráfego de caminhões e mercadorias do Leste, eles ignoram todos os controles para a guerra. Atrás, densas florestas brancas com seringas, cobertores doados pelo Comitê Internacional da fanática Cruz Vermelha. Sempre me atraiu quem não tem plano de saúde, o carro roubado ou comprado clandestinamente nos acampamentos ciganos, não paga o aluguel, risca o nome da caixa do correio, queima fios e pastos, dirige pelas pequenas estradas rurais às três da manhã e rouba nas máquinas de pizza dos autosserviços. Vive uma vida entre muros, campos elevados, saindo como um guaxinim quando tudo se amortiza e nada brilha. Já percorremos metade do país, mas ainda estamos na proporção, na mira deles, os avós incestuosos, quer dizer, afetuosos, e os vizinhos de mão pesada. Procuro o telefone no porta-luvas, todas as chamadas perdidas.

A: Aonde você os levou durante a noite?

L: Só demos voltas. Na próxima parada, vou jogar o telefone fora.

A: Ainda podemos negociar.

L: O quê?

A: Posso retirar a denúncia e sua expulsão.

L: Ontem você disse que tudo estava provado.

A: Eles têm que voltar para casa.

L: Ontem você disse que era tarde.

A: Você está fazendo o pior.

L: Não estou fazendo nada além de andar por aí.

A: Volte antes que te peguem e te expulsem como fichier A.

L: Se eu voltar, eles podem dormir comigo alguns dias da semana e você me dá o divórcio?

A: Você me faz rir.

L: Sempre rimos juntos. Éramos felizes, até mesmo quando éramos infelizes.

A: Não sei se éramos felizes.

L: Acho que éramos.

A: Todo o vilarejo está mobilizado com cartazes, flores, bichinhos de pelúcia.

L: Ahh, os bichinhos de pelúcia!

A: Você pegou algo que não é seu.

L: Acho que você está se estendendo para que eu continue falando e eles possam me rastrear.

A: Depois, há a acusação de deflagração do incêndio. Toda a comunidade está em choque, as galinhas e os coelhos do vizinho estão morrendo um atrás do outro.

L: Será que é por causa do veneno? Sempre tive medo de veneno, quando nos mudamos para o interior, conferia o fundo dos copos e usava meus próprios talheres.

A: Os vizinhos estão na porta, veio o prefeito que nunca vai a lugar nenhum, nem mesmo por causa das suásticas.

L: As suásticas!, galpão por galpão, cerca por cerca, mas o prefeito disse que uma suástica não era algo intolerante em si.

A: Eu não me meto em política, Lisa.

L: E eles não apagaram todas, pararam de cobri-las porque a tinta branca acabou.

A: O que eles disseram para você dizer?

L: Nada.

A: Ninguém te deu nada, você é seu próprio veneno.

L: Boa ideia.

Baixo o telefone, ele ouve uma queda, meu Dacia Logan branco caindo de um penhasco, e depois uma surdina turbulenta. Os três no carro cinquenta metros sob algas escuras.

A mesa estava posta para tios e primos. Tudo estava sendo preparado nos mínimos detalhes, até as traças nas hortas. Nós na casa da frente numa manhã difícil. Uma primeira vez os sogros nos chamam para irmos ajudar a trazer lenha, decorar, aquecer as salas inutilizadas, cômodos gelados como refrigeradores de tapeçarias desbotadas. Mas estávamos enfiados na cama, tudo tinha começado com uma piada inocente, uma pedrinha girando nos Alpes, uma piada boba sobre minhas pintas judias no peito e nas costas que degenerou a ponto de eu não conseguir sair das cobertas. Meus sogros ligam para o filho uma vez às dez da manhã, duas vezes às dez e quinze, uma terceira vez às onze horas e é o limite, a linha que não deve ser ultrapassada no dia das visitas. Meu sogro de dentes soldados com cola e roupa de indigente se aproxima. Não tem chaves, mas entra de alguma forma, por algum buraco, um poço, como os roedores. Nós o ouvimos na grama com as botas até os joelhos e o vemos espiar em todas as janelas. Sempre esquecemos de fechá-las à noite, tapamos até os olhos. Filho! Vocês estão aqui? Filho! Grita rodeando a casa, agora do jardim, aconteceu alguma coisa com você? Fizeram alguma coisa com você? Ficamos envergonhados, dois púberes descobertos pelados na lavanderia. Pudemos sentir como o sogro avançava sem recuar entre a grama de cócoras, de quatro. O sogro busca uma escada de dois metros, joga fora o cigarro mentolado, ouvimos a implosão e a queda dentro da chaminé. Ouvimos o baque dentro do conduto, e ele cai pelo tubo coberto de fuligem. Você é um esquisito, diz o filho, minha mãe tem razão quando diz que não está bom para morar fora de uma instituição. Vinha tentando cair ali desde que nos mudamos e instalou tudo, cabos, gás, interruptores, secadora de roupas, lava-louças, caixa d'água, fossa séptica e agora se animou, realmente é como mamãe diz. Nos vestimos, vamos para a sala e o encontramos estirado ali, uma substância preta e gordurosa cobre seu rosto e seus óculos como um carabineiro. O filho lhe dá uns tapas e ele reage, os óculos caídos. Por que você não me respondia, filho? Sua mãe está no estágio quatro, sua mãe disse que precisa de você do lado dela. Nós o ajudamos a levantar. Eu fui aquela que, enquanto o filho buscava lenha e acalmava a mãe, desinfetou suas feridas.

Os meninos levantam a cabeça e riem. Cadê?, eu me escondo, eles me veem e riem. Achou! A lei é um erro, se o bebê num ataque está fora, é homicídio, se o bebê está dentro, como feto, não há acusação. Se ele teve batimentos fora do corpo, é assassinato de uma pessoa, mas, se ele nasceu morto, então não há assassinato, limpo como uma folha, o verdugo vai para casa ou faz um estágio de reeducação. Pego a rodovia para o nordeste. Durante todo o caminho a placa amarela: Risco de dormir ao volante. Recomendamos instalar o anel antissonolência que registra o pulso cardíaco: no primeiro sintoma, ele vibra, no segundo, soa aumentando. O vilarejo é deixado para trás numa escala em miniatura. Um vilarejo do século XIX para alienados crônicos com experiências que nem em Paris se atreveram a fazer. Uma grande ala psiquiátrica com macas, granjas, alfafa e galinheiros. Os transtornados pastam, colhem frutas secas e observam as estrelas. Uma longa noite me espera, abrir os olhos para não cabecear, fixar um ponto no tubo notívago e avançar em direção a Finistère. As comunidades balneárias são mais antissociais, mais avessas ao palavrório, menos gentalha. Ninguém é capaz, nem as autoridades locais, nem os vizinhos com casas herdadas de várias gerações, de dizer o que se passa dentro das fortalezas que dão para os arrecifes. Tudo transcorre no mais estrito pudor durante a subida da maré, enforcamentos, estrangulamentos etc. Dirijo em silêncio, placas luminosas com setas piscam para um lado e nos indicam que é preciso ir para a direita. Diminuo a velocidade, um agente me pede para acelerar com um movimento de mão, olha para minha placa como se estivesse anotando: CW339TX. Ando num Dacia Logan branco, uma mulher adulta, com seus gêmeos dormindo, não vejo o que poderia levantar suspeitas. Não sei por que tenho de me sentir culpada, posso abrir o porta-malas para eles, acender as luzes nos bancos traseiros, mostrar o porta-luvas, posso deixar os pastores-belgas antinarcóticos entrarem. Não há radares, na rotatória pego a primeira saída e continuo pela D26 e a Grande Rue, passo por uma zona de obras. O primeiro circuito da etapa 1 está feito. Parece que dirijo aos tropeços, sem nenhum rumo, Auzits aux Monts d'Aubrac passando por Salles-la-Source, Sébazac e Bozouls antes de descer sobre o Vallon. Isso não vai parar, eu lhe falei, quantas vezes. Nem com mais filhos nem fugindo juntos? E voltávamos ao túnel, ao amor sob a terra, às cenas que retornavam por horas. O que dissemos um ao outro? Não lembro, os insultos e as ameaças em looping. Quero que tenhamos uma poupança de casal para a terceira idade e para a aposentadoria e uma para os gêmeos, cinco euros por dia já dão para que aos vinte anos eles possam alugar um apartamento em alguma periferia. Não vai demorar muito mais do que isso, mas nada, o manto da negação. Realmente na vida não há nem mesmo o menor indício. Você rebobina a fita com pessoas num ônibus, pessoas indo para a cama numa sexta-feira à tarde, um respiro antes da carnificina, e não se vê nada, apenas algumas horas depois as camas ensanguentadas das crianças.

A vida é um campo liso, sem pítons, sem granadas, sem o céu e suas fulminações, só milho e trigo, estaciono na faixa de emergência laranja com o 112.

A: Lisa, não temos com quem nos comparar, não temos nada a ver com ninguém, de verdade, mesmo no túnel éramos um pouco felizes.
L: Somos os incomparáveis!
A: Mas ter sido mãe para isso.
L: E você ter sido pai para isso.
A: E ter me casado para isso, eu não esperava.
L: Também não esperava ver no que você se converteu.
A: Eu não me converti em nada, continuo o mesmo.
L: É como uma conversão religiosa, de repente você pertence a deus.
A: Sequestro, tentativa de homicídio, antecedentes de violência de gênero.
L: Você fez algo muito pior.
A: Por que você me odeia?
L: Eu os fiz, é fácil.
A: E você os perdeu. Você sabe que, mesmo que eles estejam aí, não são seus.
L: Quando dava o Pico de LH, você tinha que sair correndo em vez de se esconder para jogar.
A: Você sabe que é difícil para mim decidir.
L: Você nem se moveu, a propósito, nem dentro de mim você se movia.
A: Sempre tentei fazer o que você me pedia, na verdade eu ejaculei.

L: Mas você não queria os dois, eu era a única que queria tê-los, lembro quando você disse que não os queria, que eram um fardo duplo, como ingerir cápsulas de cocaína.
A: Não desligue.
L: Por que agora estão tirando os dois de mim?
A: Volte e nós vamos embora.
L: Me dê o divórcio e compartilhamos os dois.
A: Eu vou.
L: Vou te denunciar também, há uma lista de crimes sem resolução judicial.
A: Você acha que tenho orgulho de mim mesmo? Você acha que eu gostei de fazer isso com a mãe dos meus filhos?

Nenhum dos três disse que ele tinha se atirado no buraco, apenas que havia escorregado no topo da escada, assim a sogra não implicava com ele. Ninguém acreditou em nós, mas é disso que se trata mentir: não é para parecer real, é para não dizer a verdade. Comemos queijos gordurosos com mofo e um coelho que havia ficado preso na cerca. Na noite anterior às visitas, eu tinha me levantado e vi à minha frente um grupo de lebres pardas e amareladas. Vi os músculos das suas patas abertas e meu sogro como um galgo, como um lebréu. O que você estava fazendo ontem de madrugada na nossa horta? Não era eu, disse. Mas nós te vimos, pai. Achei que o curral estava queimando e fui apagar as chamas. Aí começou a correr e pisar nelas, escorregou, mas conseguiu pegar a mais gordinha. Ele a pendurou em um arnês, esvaziou-a de sangue, cortou seu rabo, seus jarretes e a deu de surpresa à sogra. Ela acordou, viu-a deitada no travesseiro e a acariciou. A lebre foi preparada com molho caçador, cenoura, salsa e louro.

Tudo o que se diz sobre o amor está errado. Tudo o que entendem ou dizem entender, errado. O amor é uma compensação, uma vingança. O amor são centenas de macacos agressivos que saqueiam os fiéis na porta de um templo budista. Qualquer mãe que tenha as mãos dos filhos cortadas, ou que os levem para o outro lado do muro, teria feito isso e muito mais. Não digo mãe porque não é uma prova de amor. A lei não entende, os juízes não entendem ou fingem que têm problemas cognitivos. Estuprar é permitido como uma variação do amor desenfreado, mas sequestrar o amado, não? O incesto é permitido em última análise, e traficar, não? E fazer justiça com as próprias mãos não é aceito, mas o roubo de bebês é? Qualquer pessoa de bem deveria estar na cadeia. Um filho também não é um ser que sai de outro ser, dentro de nós podemos ter muitas coisas, nos laboratórios do Mississippi eles põem órgãos de porco nas gazelas. Como aquelas histórias de que isso não pode ser real, voltávamos de uma viagem de sonhos. O que escapa a eles? Por que estão em choque? O que os impressiona dos bilhões de conexões neurais disponíveis no cérebro? É lógico que uma diga para queimar bebês vivos, enquanto outro pinta a Mona Lisa. Obviamente pode ser que o marido diga que vai passear de bicicleta e cometa suicídio três casas à frente. O que mais pode ser, o que é, de fato, é isso que não pode ser. Como é possível se desapaixonar, eu me desapaixonei. Chegamos, basta de perder tempo com palavras, há algo mais importante que as palavras. As altas ondas contra o paredão nos dão as boas-vindas, a costa de pedras se abre para a paisagem marítima. Encontro para eles um bolo rosa e dourado de plástico na única padaria e descemos alguns passos até a areia com cápsulas de ovos. Feliz aniversário, brothers, feliz feliz no seu dia, e sopram velas. O mar, mamãe! Já dizem mamãe de maneira natural. Subimos ao cais, saltamos entre as pedras até chegarmos à última. De lá vemos o farol se acender. Imagino trepar pelo ferro, encontrar a chave e ficar vivendo com os arrecifes. Ponho a barraca entre as rochas e cochilamos. Quando acordo, olham para mim e dizem em uníssono: quem é você? Como quem sou eu? E quem eu vou ser? Nenhum de nós consegue dormir, ficamos dando voltas, é tudo muito fantasmagórico. Antes, haviam passado a tarde jogando bolas de neve no jardim e depois tinham cozinhado pancakes, mas à noite, enquanto o marido foi buscar o pedido de comida no novo restaurante da região, a mãe estrangulou um a um, lentamente, os três filhos no porão da sua casa em Massachusetts, nesse dia ela parecia especialmente serena.

As lebres bem deglutidas, os aperitivos leves, conhaque, l'armagnac, calvados, runs envelhecidos, como ninguém pensava em ter filhos na família, como não há ninguém na mesa de pernas curtas, ninguém com voz aguda, ninguém inocente e todos aqui já passaram do meio século vivido, tudo está perto do colapso. Bebemos, A não me toca quando os pais estão conosco, tampouco ajeita minhas alças ou roça minhas pernas. Não sei do que estão falando, a mãe fazendo piada sobre a rapidez com que o filho cresceu, de um minuto para o outro tinha volume, papada, está irreconhecível ou desfigurado. Contavam histórias de maio de 68, de nudismo. Quero saber o que tenho de especial. Você não tem nada de especial, não se preocupe com isso, diz a sogra, já vimos muitas antes de você e veremos muitas depois. Como assim verão muitas depois? Meu namorado não se mexe, servem um aperitivo para ele, que se levanta e pega uns folhados de canela, mas isso eu guardei para a mesa de doces, tire daqui, diz a mãe. Meu namorado os devolve e fica em pé, sente-se, dizem. Você tem sardas de nascença? Eu me olho, tento me cobrir, esticar o tecido, meu namorado ainda está em silêncio, olha para um cavalo pela janela. São sardas de nascença, toda a minha família tem. De costas, diz que são sardas típicas de uma família da diáspora e que é assim que somos reconhecidos. Você é toda ruiva? Até as unhas dos pés, diz o sogro. Pai, chega, diz meu namorado, por que a gente não fala de política, não é melhor? Vocês também têm tudo francês, inclusive o nariz.

Estamos com saudades do papi, diz um, não sei qual deles. Eles não são idênticos, são fraternos, repito sempre.

Estão com saudades do papi agora? E por que sentem falta do papi se eu estou aqui? Não é suficiente? Mas se estamos indo numa aventura até as dunas, para ver ondas ciclópicas, dou-lhes tudo o que alguém lhes pode dar, por que dizem que sentem falta dele? Qual é o menino que tem uma cama dentro do carro, que pode viver uma vida de safári, comer como nos filmes na beira da estrada e mijar em toda a vegetação? São privilegiados. Os outros têm vida de criança, ou seja, não têm vida nenhuma, se quiserem se divertir comigo vou mostrar meu truque para não respirar. Inspiro e não respiro mais, os dois me encaram. Callac, Huelgoat, Landerneau, Daoulas, Lanvéoc, Crozon. Descemos numa área industrial com rotatórias e hangares de máquinas agrícolas. Procuramos um lugar para vadiar. Ao longe, a glória, o Olimpo, um Burger King. Burger! Corremos para ver o cardápio: Big King bacon & onions XXL para E, combo King Wings para J e combo Big Fish para mim. Os meninos esperam as caixinhas da felicidade dentro de um túnel com piscina de bolinhas. Um pai magro de boina ao lado de uma menina está sentado numa mesa próxima. Trocamos olhares. Ele me olha com apetite ou aborrecimento? Será que ele quer me agarrar pelo pescoço e meter rápido como quem troca duas palavras ou está rindo da minha grossura? Me vê ou não me vê? A gente come, os irmãos tiram sarro do meu fish empanado. Quem pede fish no Burger? É como um peixe com insolação! Um peixe empalhado! Estou inchando minuto a minuto, a barriga fecundada, a axila suada, eles também com seus pneuzinhos deverão mudar de tamanho, doar suas roupas para os refugiados. A porta se abre, entram dois policiais, o terceiro fecha a viatura. Os meninos, de costas para a porta, lambem o ketchup. Um homem olha na tela os números dos pedidos no tíquete, o pai e a menina terminam seu combo, ele a acaricia com a mão gordurosa. O último policial entra sorridente, os outros dois já andam entre as mesas de família. Por impulso, pego nossas bandejas e as levo para a outra mesa. Os irmãos não entendem, eu os acomodo na frente dele e da menina. No momento em que os policiais param, somos uma família. O homem e a menina recuam, calma que não está acontecendo nada, e arrumo a mesa, vamos lá, meninos, os três, senão esfria. Lindo dia para uma saidinha, não? O homem dá a mão para a filha. Desculpe-me, eu te conheço? Eu acaricio o homem na bochecha, acho que pode dar certo, o policial observa a cena no fast food do condado marítimo, vamos fazê-lo se lembrar da ex. Mas tudo acontece em menos de um segundo, o homem tira minha mão do rosto dele com hostilidade e protesta: enlouqueceu, senhora? Aconteceu alguma coisa, senhor?, pergunta o policial mais jovem. Tenho duas opções, mas só vejo uma. E me atiro em seu rosto e lhe dou um beijo de língua, e que tudo entre rápido no túnel indecoroso da disputa conjugal. Outra opção, negar tudo, eu não o toquei, é você que estava me olhando e fazendo gestos picantes, por isso vim te dar o que você merecia, com as mães não, com os menores não. Eu o mordo enquanto os policiais consultam suas chamadas de rádio. Está acontecendo alguma coisa, senhora? O senhor a incomodou? Nada oficial, é problema nosso, meu marido não se controla e depois a vítima é quem provoca, o de sempre. Tirem essa louca de cima de mim, por favor! Senhor, calma, mais respeito com a mãe dos seus filhos, diz outro policial. O homem se levanta e desfere um soco, os policiais o agarram e o levam embora, a menina fica sozinha e olha para mim, mas tudo passa a ser apenas mais uma cena violenta de amor. O homem está algemado na viatura, os policiais pedem sorvete de caramelo. Assim que saem com o carro, a gente vai embora. As guerrilhas organizadas dos subúrbios que saqueiam este país com seu desprezo pelo Ocidente chamam a atenção da guarda civil e das brigadas, deixando-nos tranquilas, nós mães.

Minha advogada soltou minha mão, carta de renúncia, já era tempo. Dirijo até a ponta do mapa, onde começa a estação balneária em frente à ilha virgem de Morgat. Ao longe, uma tempestade quente e seca de vento e areia, como no Saara, como nos altos desertos da Arábia. Estaciono o carro numa ladeira, esvazio e peço que eles se afastem. Puxo o freio de mão até a metade, o solo arenoso vai ceder e ele cairá de ponta. Olhe, mamãe, os barcos tortos, parece que comem água. Vamos entrar nesse ferry? É a surpresa que eu tinha preparado para vocês. Vamos juntos comprar as passagens, esperem, mamãe vai contar o dinheiro, empilhamos as moedas e compramos três passagens só de ida. Tiramos uma foto, temos uma hora até a partida do ferry. Cartaz proibindo o acesso à ilha virgem, outro pôster, risco de desmoronamento de rochas e avalanche. Os meninos passam sem dificuldade por baixo da cerca e deslizam até a areia branca, tenho que me esforçar mais para chegar ao anel dourado. Vejo-os subir nas trepadeiras, eles se balançam e são dois macacos albinos ameaçados de extinção.

A: Vocês estão na França?

L: Por quê?

J & E: Sim, papi, estamos aqui, somos dois macacos albinos!

A: Como assim dois macacos albinos, o que é isso?

L: Vão brincar e depois vocês continuam falando.

A: Aonde eles vão?

L: Já foram.

A: Você sabe o que vai acontecer quando eles forem encontrados?

L: Como estamos perto do perigo! Nada acontece nas férias até que um jacaré coma o filhote.

A: Sua advogada entrou em contato comigo, se ofereceu para me ajudar.

L: A solidariedade entre as mulheres está no auge.

A: Ela se ofereceu para encontrá-los.

L: Mulheres odiando mulheres.

A: Diga-me para onde e eu vou.

L: Quantas testemunhas você tem?
A: Muito mais do que antes. Eles foram até sua casa.
L: Isso que eu supunha, espero que tenham regado as plantas.
A: Você levou coisas minhas.
L: Como você se tornou um inimigo?
A: Há inimigos em todos os lugares, Lisa.
L: Você pode pegar tudo que há naquela casa, você pode queimá-la por vingança.
A: Você pode voltar, nós conseguimos salvá-la, esta é a sua casa.
L: Vou consultar minha advogada.
A: Sua advogada se juntou a nós.
L: Vou encontrar outro.
A: Você vai aparecer em alguma prefeitura com dois meninos roubados?
A: Alô?
L: Que garantias eu tenho?
A: Todas que você quiser.
L: Tenho que consultar alguém.
A: Sua advogada está aqui comigo, pergunte a ela.
L: A gente recomeça, mas, se não der certo, você me dá o divórcio?
A: Não vamos pensar que não vai dar certo, eu te amo, agora mais que antes.

Atropelo as dunas, me lanço sobre os brothers. O vento quebra o vidro de uma lente, eu o arrumo como posso. Tenho uma coisa para dizer a vocês, o papai está chegando, ele já está na estrada! Oueee, eles pulam na areia, oueee, nós três pulamos e giramos entre os dejetos. Agora, comportem-se bem, papai está chegando. Esperamos por ele limpos e perfumados dentro do carro, entre palmeiras, romeiras e coqueiros. Antes disso, eles treparam até fazer cair um coco, que abrimos a pauladas. E como eu sei que você não vem com a polícia? Eu não vou com a polícia. Não avise ninguém, não deixe rastros. Todo mundo está tirando um cochilo, os postigos trancados, você sabe como é, morte por todos os lados a esta hora. Se você não me enganar, poderá vê-los, se não, já sabe. Estou indo rápido, duas multas de velocidade na altura de Le Mans com esses controles e três pontos a menos na carteira. Todos esses controles de velocidade tinham que ser demolidos a pedradas.

Por duas horas fiz sinais para que fôssemos embora, mas nada. Olhei pela janela, não me atrevi a sair sozinha. É claro que tudo é culpa dos políticos, mas os imigrantes estão cada vez mais próximos da imoralidade de Sodoma e Gomorra, a derrapagem vai nos alcançar. Já nos alcançou, estamos em queda livre, é tarde demais. Não se deve dar tempo para que comecem a primeira faísca e o enxofre do céu. São blasfemos e sanguinários, mas de quem é a responsabilidade? Não são eles, eles que vão para o diabo, somos nós. Comecei a sentir que estava num enterro, queria ir embora, mas a única maneira de sair era com ele. A noite já estava escura, não tínhamos levantado da mesa o dia todo e ninguém se mexia nem para ir ao banheiro. As bexigas e os retos explodindo sob as roupas de couro. Vamos, vamos embora, falei baixinho, mas ele nada, estou com sono, vamos sair. A França está destinada a viver amuralhada. Minha sogra me ouviu e contou para a tia careca. Já quer levá-lo embora, quer levá-lo no meio da reunião, sempre com a desculpa do cansaço. As duas bastante irritadas me incentivam a ingerir álcool e desperdiçar todos os frascos em pleno tratamento de fertilidade. Não era uma reunião de família, era um meeting político, elas não iam conseguir, eu fingia beber, fingia estar com elas, mas em outro estado, imaginando o que estava acontecendo com minha reserva ovariana. Você não bebe? Estou em tratamento, e elas sorriam. Nascemos com trezentos mil folículos, mas apenas quatrocentos conseguem amadurecer e expelir seu óvulo desde a primeira menstruação até a menopausa, que corrida utópica e obscura ao mesmo tempo. Quando, de repente, começou a passação de mãos de toda a família de bem. Mãos como aranhas filhotes debaixo da mesa. Levantei, estava com dor nos ovários, podia ser uma perda ou um bom sintoma, meus ovários estavam funcionando. Não é culpa dos imigrantes, o Ocidente está caindo, não conseguimos construir um legado, o mundo rural, mas o mundo civilizado deles também é assassino, tudo vai cair estrepitosamente. Armem sua cadeirinha de praia dobrável e vejam a queda do meteorito no Ocidente. Pare de falar tanto!, disse a sogra, vai amor, filho, vai buscar mais taças de cristal. Putin tem razão, o Ocidente está desmoronando. Chega de Putin, quem é Putin, fora Putin, gritou ela.

— • —

Você não vai acreditar, estou passando pela praia das algas emaranhadas, você ficou com ciúmes da minha amiga que fazia topless e punha os mamilos sobre as pedras em Montpellier. Tudo está cheio de algas agora, tudo é passado, os enforcamentos contra a porta num Natal com meus avós em Bourges, tudo é passado, as algas na margem. Quero cuidar de você, sempre cuidei de você, mas agora vou ser homem e seremos uma família, as famílias não se abandonam, o amor não se abandona, agrade a quem agradar, está me ouvindo? Sim, eu digo, chega de ataques quando você volta do cassino suado, quando eu tenho que ir ao galpão para sentir o cheiro das roupas espalhadas nos prados. Estou feliz de te ver, eu também.

Tivemos dois filhos que nasceram no mesmo minuto, saiu uma cabeça e a outra caiu fora. Mas antes eu o procurava por todo o vilarejo, implorava a todos os vizinhos que diziam que não o tinham visto, só temos uma hora para tentar, por favor, você o viu no aqueduto, na quadra de tênis, na pista do aeródromo? Só temos uma hora e ele foge, ia e voltava para a casa dos meus sogros, ela o escondia, eu a via perambulando pelas janelas da sala, mas, quando eu entrava, não havia vestígios, ela saía pela estufa e se metia entre as rosas e calêndulas. Minha sogra punha o filho no sótão, viam filmes austríacos da sua libidinosa juventude deitados no tapete de pele rodeados por toca-discos.

Eles não querem descendência? E o sobrenome Fournier quando todos estiverem agonizando? Já passei bastante dos quarenta, se vocês não me ajudarem a encontrar seu filho agora, serão os culpados por minha hemorragia ou descolamento da placenta. Mas ela não dizia nada, a boca metida para dentro como a de um desdentado. Sabia onde o enfiara, havia muitos esconderijos na casa e o filho é um alfinete, cabe em qualquer baú, debaixo da escrivaninha, disfarçado entre as almofadas de um mezanino, atrás das cortinas como um manequim. Às sete e meia da noite, o jantar e as perguntas: como está o tratamento? Deu certo? Para deixar claro que minha biologia era um fiasco e que estávamos indo direto para o paredão. No dia seguinte, na hora da subida da curva, eu voltava a assediá-lo e os vizinhos eram seus sequazes, ninguém o tinha visto?

Nos beijamos, nos abraçamos, voltamos a nos beijar com um gosto de cigarro. Os meninos estão no carro? Olha pela janela, o farol alto ofusca sua visão, olha no chão, debaixo dos bancos, no porta-malas. Onde você botou os dois? Fica tranquilo, eles estão. Onde estão? Estão. Mas onde? O que está acontecendo? Nos abraçamos, nos colamos no corpo um do outro. Estou vendo algo novo nos seus olhos agora, ele acha que eu fiz algo com eles. Acha que sou capaz, mas não quer demonstrar. Pântanos e altos picos de terror, fazer de conta que nada está acontecendo para não deixá-lo enfurecido. Primeiro eu tinha que saber com quais intenções você veio, eu não podia me expor a uma emboscada. Você me vê com más intenções? Vê meus advogados aqui? Eles estão aqui, meninos, saiam, o papai não acredita em mim! E eles saem de trás de uma grande palmeira e nós quatro pulamos. Estou feliz, ele diz, estou feliz, digo, estamos todos felizes, dizem eles.

Fui embora da casa dos meus sogros, virei, passo a passo sobre minhas pegadas. Estava morta de medo de ficar sozinha do outro lado da porta, do lado da natureza, do gado e de tudo o que passa enquanto dormimos, corridas, depravações. Quando acordamos, os animais dormem, nunca descobrimos o que realmente aconteceu, mas se alguém subisse numa torre e visse a noite com seus próprios olhos. Eles estavam se divertindo do outro lado do vidro, fazendo imitações lascivas. De repente, a casa da família passou a ser um comitê secreto. Não minta, todos nós conhecemos suas ideias sobre o assunto, ela é cem por cento judia? Quer dizer, como cem por cento? Deve ter antepassados que não são puros, ou misturados, não acha? Deixe o marido falar, ele é quem sabe, deixe o marido que foi tão além do Atlântico para encontrar o que tinha a dois passos, ele a escolheu entre milhares. Mamãe, por favor, por que você está se intrometendo na minha vida? Eu não me meto, só opino. Talvez meu filho não tenha percebido, não é algo que você vê à primeira vista, e depois a paixão é uma fatwa. Mas o que isso tem a ver?, pergunta o tio, eu tinha uma grande amiga que era assim e nunca foi um problema. Sua esposa vira a cabeça como uma ema, pergunta a ele de que grande amiga está falando, porque nunca conheceu nenhuma grande amiga dele. O tio não responde. Shhh, ela saiu, mas pode ter voltado. Conta, conta. Me deixem em paz, o que vocês querem que eu diga? É só uma garota, mais nada. Você nem percebe, passa despercebido. Meu filho é muito bom, eu o criei bem, bom berço, estou orgulhosa, bravo, não precisa discriminar. Ela frequenta um culto? É verdade, diz a tia, ainda afetada pela misteriosa grande amiga do marido. Não estou dizendo que ela é diferente porque é assim, estou dizendo que, para o desenvolvimento normal de uma vida e para evitar incidentes trágicos, não será igual, tudo será mais difícil para eles. Toda a sua árvore genealógica é israelita? Você frequenta rituais com barbudos? Dizem que se purificam na água antes do coito. Dizem que cortam todo o pinto do primogênito, mais que os muçulmanos. Dizem que usam perucas, que nunca lavam as partes pudendas e cheiram a óleo de cozinha.

Não sei se é a estridulação dos grilos, o encrespar-se das ondas que avançam até a ribeira, mas está escurecendo. Vamos sair para comer, estou convidando vocês, são minha família, esclarece orgulhoso. Foi assim que se vestiram todos esses dias? Vejo minha sogra, Madame S, lavando, secando, perfumando nossas roupas, trazendo tudo impecável, deixando a pilha na mesinha da entrada, saindo sem fazer som, sem que eu detecte que ela ficou atrás do biombo. Sento-me no banco do passageiro. Os meninos entram vestidos de qualquer jeito. Quem nessa família gosta de ficar debaixo de um aguaceiro?, pergunta o papai. Quem gosta de mergulhar mais que qualquer outra coisa? Eu, eles gritam com euforia coletiva, eu, mesmo não sabendo o que é. Quem adoraria mais que qualquer outra coisa no mundo viajar de submarino? Eu, todos dizemos, embora eu não tenha ideia de como seria respirar num submarino.

Tudo estava intensamente escuro, mas eu ia acompanhada pelos pássaros e pelo resmungo entre eles. Em casa, as marcas da queda me esperavam. Tive uma ideia para diminuir a ansiedade, fazer outro teste. Tinha comprado a granel e os mantinha escondidos dentro de estojos enrolados em toalhas embaixo da cama. Sentada no vaso sanitário, meu sexo exposto, vi uma única linha, não tinha sido fecundada. Prenhe, abonada, como dizia minha sogra ao ter meu namorado dentro dela. Será que é um falso negativo? Será que tenho poucos hormônios circulando na corrente sanguínea, será cedo demais, será que puseram álcool no meu copo? Vou esperar mais dois dias. Destruo o teste e jogo no lixo do jantar anterior, dá na mesma ter um filho, ter dois filhos, ter três filhos, ter quatro filhos, como os tiranos ter mil filhos, quem precisa ter filhos, merda, a única coisa que você precisa é encontrar furor em algo, parir, abortar, o que for. Ouço a porta, ele entra bamboleando, atrás dele o tio e o pai o ajudam a não perder o equilíbrio e tiram seus sapatos. Os três olham para mim sem entender o que se passa, sustentando-se uns aos outros, os três salientes do condado. Chamem a sogra e a tia, tenho uma notícia importante! Lá fora já aparecia o dia como um intruso, os veados e as cobras fugiam entre a grama crescida, e ninguém tinha pregado o olho. Sua sogra desmaiou no balcão da cozinha, o tio me diz, você tem que deixá-la descansar, a tia ficou jogada no tapete da sala. Deixaram meu marido com as calças arriadas e foram embora.

A comida gira numa tábua, vamos pescando com a mão, a goela empanturrada, brincamos de espião, de sim ou não, de preto ou branco, acrescentando palavras proibidas, brincamos de fazer experiências nos copos com molhos picantes. Jogamos Seu mestre mandou em versão francesa: De Gaulle mandou, jogamos para ver quem pega o maior peixe. Os pratos vão girando e nos deixando tontos. Como algo violeta, rosa, vermelho, algo verde-esmeralda como cactos implantados no deserto. Os meninos enfiam tudo na boca, açafrão, curry korma, montanhas de manga. Como é hipnótico comer, como aqueles campos cheios de flores amarelas brilhantes, mas prestes a entrar em fase de putrefação. Os meninos também comeram como coiotes, olha amor, como agora brincam de meter a mão nos tanques de peixes e pegar as carpas koi. Saímos, os meninos veem a gente fumando juntos e se metem entre nós como num tubo de aeração dentro do nosso reator nuclear. Damos os cigarros para eles darem umas pitadinhas, como antes, que ninguém dizia nada e as crianças eram chaminés.

— • —

O carro freia como um infarto agudo do miocárdio. Ele põe o banco para trás, me beija, não se vê nada, é como se eu não soubesse quem estou beijando, um urso-negro americano. Ele choraminga na confissão conhecida, o que queria ser antes de me conhecer, campeão francês de vôlei, mas seus pais e eu o desmantelamos. Ele choraminga suas mudanças ao nascer, de caravana em caravana com um pai frouxo, sempre aflito, desembarcando em trailers nos acampamentos desolados do rio Lot. Aquele riacho escondido que levava para o fundo as crianças que se comportavam mal. Os gemidos descontrolados da mãe com caras que não conhecia e dos quais só ouvia as botas de caubói. Pai e filho em cadeiras dobráveis ouvindo os alaridos da mãe mutável, e depois jantando os três juntos um churrasco e garrafinhas de cevada na natureza. Às vezes, pai e filho escapando para o circo croata. O pai muito mais velho, o pai sonhando em ser um militar de alta patente, um general do Ar, almirante da Frota Estelar, jogando guerrilha na tenda do circo, implorando para ser contratado. O papai que dizia: desconfie das fêmeas que fazem suas mãos tremerem. Você se lembra? Da primeira vez que nos vimos, minhas mãos tremeram. Lisa, quando voltarmos vou poder comprar argamassa, cal, cimento, cascalho e construir o último andar, vou fazer sem ajuda de ninguém. O deserto quente da minha infância, acordar e não saber onde dormi, os homens em fila, alistados. É preciso combater esse vício porque depois de uma gota vem o gole, o copo, a garrafa e a intoxicação por etanol. Os meninos no banco de trás assistem ao evento com as pálpebras fechadas para o amor dos pais. Chegamos ao bangalô que ele reservou, falar de seus pais o devolveu à vida. Pare já, digo-lhe em linguagem compreensível para a lei, que se detenha no meio do ato, como deter com as mãos palpitantes um trem a toda celeridade. Quem pode pretender isso de um homem, diz. Isto agora é uma violação?, não quero que você venha depois falando que abusei de você. Continuamos fazendo amor. Como vai haver violação entre esposos numa cama comum sob o mesmo teto?, como vai existir assédio entre duas línguas?, já não sabem mais o que inventar. Diga-me como isso é possível de legislar. Se existe, tudo pode existir, toda forma de amor é uma violação porque no fim nunca sabemos nada do que o outro quer. Além disso, espere, não há luta, eu poderia provar, o fluido vaginal é demonstrável numa audiência com especialistas. Nada é demonstrável, é o problema de tudo, o desejo, a falta de desejo, não pode ser demonstrado. Terminamos a cópula reconciliados. Não entendi o que você estava me pedindo, você estava me pedindo amor? Você não tem vontade?, você me deixou fazer. Você podia parar ou não? Conhece alguém que seja fisicamente capaz de pisar no freio numa corrida em alta velocidade sem quebrar o pescoço?

— • —

No dia seguinte, as visitas e os locais dormem por vinte e quatro horas, parece um massacre da Ku Klux Klan. Meus sogros, os tios e meu namorado dormem em fila, fedorentos, o cabelo oleoso no couro cabeludo. Durmo por intermitências e acordo assustada pensando que o teste foi um falso negativo. Reviro o lixo, o encontro, ainda me parece suspeito que não fui fecundada depois de tanto ardor e força de vontade. E se estiver me dando alguma substância química e é por isso que seu espermatozoide rejeita meu óvulo? E se for por isso que os gametas não se encontram? Por que meu ovócito não é fecundado na minha trompa, por que não avança em direção ao útero? Porque tenho quarenta anos ou mais e não chega a tempo à minha cavidade uterina e se implanta? Fico olhando para a cara do meu namorado e, quando ele abre um olho, digo-lhe em tom inofensivo: hoje vamos anunciar a eles a notícia. Ele não capta, em geral não capta nada, nem quando está sóbrio. A notícia: o teste de ontem deu positivo, conseguimos, vamos dar um moleque a este vilarejo de octogenários. Faço dois cafés pretos para ele. Logo depois batemos na porta dos sogros e entramos sem esperar que abram. Dentro: guirlandas brilhantes, taças de conhaque de Napoleão Bonaparte, os móveis rococó, saltos altos no tapete, croissants num pratinho de porcelana. Temos um grande anúncio a fazer: um judeu chegará à família.

Não importa o que aconteça nessas horas, não serve de nada para um juiz, não há depoentes, não há informantes, não há papelada, viemos de comum acordo, é a sua palavra contra a minha, o seu direito de réplica contra o meu. Quatro pessoas do mesmo clã jazem dispostas em diferentes cômodos, dirão ao entrar na casa isolada com fita amarela. O amor é um estrago doloso, uma rede de pederastas, um escândalo judicial num tribunal de província. O amor é um suborno à luz do dia, uma saída de emergência com cadeado, pirotecnia lançada ao céu. O amor é um itinerário fatídico, um rosto geneticamente alterado. Eu o atirei no rio por amor. Em nome do *amor* fez o que fez. Ele passava a mão nela porque a amava demais, não era suficiente para ele ser pai, não era suficiente para ele o amor convencional, mas ninguém acha suficiente o amor convencional. O amor é o desamparo máximo. Acordo no dia seguinte, tento reconstruir o dia anterior, reconstruir a discussão da noite passada, como chegamos até aqui, quais são os danos colaterais, que planos existem para sobreviver, que esperança de vida nos resta. Pânico caso ele tenha pegado meus documentos e fugido com eles. Nem me lembro do que dissemos um ao outro ontem, até onde levamos as palavras, se algum de nós quebrou um vidro na cabeça do outro, se eles viram algo fora do normal. Os meninos não estão na cama, mas vejo o pé dele, está dormindo. Abro a porta para a manhã fria e ensolarada, eles brincam desagasalhados no terraço de madeira, eu os abraço, digo-lhes que a mamãe os ama mais que ninguém, tento não fazer nenhuma atuação, que eles percebam o amor tal como é, mas não sei como é o amor tal como é. O pai acorda, os meninos correm para cumprimentá-lo, eu os amo mais que ninguém, ele diz, mas esse míssil foi dirigido a mim. Nós quatro tomamos café da manhã, o bangalô inclui o café da manhã familiar, me passa o croissant, eu te passo o café, os meninos tomam o leite fervendo, o pai passa manteiga na torrada deles, ensina a escrever o alfabeto de trás para a frente, corta as unhas deles. Desastre total, diz ele. Estávamos fugindo, não de férias numa ilha, eu digo, você queria que eu começasse a cortar as unhas deles no meio da estrada? Ele põe as unhas pretas sobre a mesa. Mas olha, parecem cascos de cavalos. E o que você quer me dizer? Ele se levanta, olha em que estado eles ficam com a mãe. Não diga isso na frente deles, não os incite. Você faz isso sozinha, você se enterra sozinha. Continuamos tomando café da manhã, ninguém se levanta, dentro de mim uma torrente, um dique vandalizado, algo impossível. Não vou conseguir. O que não vai conseguir? Bom, eu vou te dizer, você vai ter que conseguir, porque senão vão tirá-los de novo de você, se é que isso já não está em curso. Você os tirou de mim, eu apenas obedeci. Você conhece a palavra obedecer? O café da manhã é deixado de lado, ele os arruma. Ponho os meninos no meu carro e me sento ao volante, ele me faz um sinal para que entrem no dele, mas eu arranco, ele me segue. Ninguém passou o cinto, as portas estão abertas, eu as fecho em movimento, antes que eles caiam na sarjeta. Uma voz me diz para planejarmos um dia de navegação, um piquenique, ir ao aquário, a um parque de diversões. Outra voz me diz que devo agir por impulso e depois ver como isso se resolve antes que caia a lâmina da luz. Ele nos segue, vamos em caravana lenta como um pequeno reboque com gado. Nas rotatórias dando várias voltas como uma tropa até o matadouro, com a dúvida de escapar e libertar as feras no caminho ou acabar com elas. Vou te dizer para esquecer tudo de ontem, temos que tentar, o couple diabólico Michel e Monique, unir forças. Assim parecemos drogados, ele grita comigo pela janela, eles vão tirar os meninos de nós, aqui são muito de denunciar, e o conselho tutelar está à espreita para roubá-los. Não são os planos sistemáticos para roubar bebês, aqui eles fazem tudo pelo bem-estar dos bebês, mas é roubo da mesma forma. Vamos para qualquer lugar, já estamos com fome, dizem E e J. Já vai, já vai. Tenho a impressão de que estamos cercados de inimigos aos milhões.

Eles me olham com os olhos esbugalhados. A sogra pergunta ao filho se é verdade que vem um judeu para a família. O filho olha para mim, ele também não tem certeza de nada, eu digo que sim, ela deveria perguntar a mim, que a fecundada sou eu. Ou você não lembra que temos ovários e óvulos? Que démodé!, disse a tia. Por sorte, a sogra acrescentou: era o que faltava que esses predadores os carregassem por nove meses, os homens não são capazes de nada, muito menos de carregar algo no corpo. Eu também acho que nós homens somos predadores, querida esposa, disse o sogro, ainda bem que vocês existem. Um milagre aconteceu e minha sogra correu para mim com lágrimas escorrendo pelo rosto. Começamos a dançar e eu lhes ensino uns passinhos de rikudim. E que diabos é isso, dizem com os braços levantados, uma dança tribal, uma dança para a cerimônia zulu? É rikudim, digo-lhes, e faço todos dançarem.

Somos uma família texana ao redor das selvas e do rio Bravo na fronteira com os Estados Unidos. E se fôssemos ao Centro Espacial Houston para ver exposições interativas projetadas pela Nasa? Ele me olha como se eu realmente tivesse perdido a cabeça e avalia mais uma vez alguma ação rápida com intervenção de lenitivos. A garçonete é sexy vestida de vaqueira, ei, como são lindos! De onde vêm? Pedimos pratos feitos e macarrão com cheddar. Ele toca minha cintura, ao passar, põe o braço em volta dos meus ombros, você vai ver a nova vida que te espera se puder estar aqui com a gente. J e E colocaram moedas na máquina caça-bichinhos de pelúcia. Um cartaz anuncia os riscos de epilepsia causados pela natureza hipnótica da máquina e suas luzes fluorescentes. Eles vêm e vão e nos pedem mais moedas, batem no vidro, se divertem tentando derrubá-lo. É ótimo ter filhos para lhes jogar moedas, como a rainha nos tempos da colônia. Os dois conseguem fazer com que a garra de metal segure a cabeça de um rinoceronte e o faça cair no buraco. Eles tentam passar por ali, ficar presos, trabalhar como bichos de pelúcia para o resto da vida, não ter de morar com a gente, e que um dia a garra de metal os leve para outra família. Eles comemoram abraçados, pulando para cima e para baixo na mesa com o rinoceronte erguido. Olhamos para eles como dois meninos deixados à porta da Assistência Social à Infância. A comida chega nas mãos da garçonete sexy, ninguém fala, dentes de cheddar, ninguém olha para ninguém, ninguém se importa com ninguém. Somos uma família de obesos, eu mordo, engulo e nesse momento ele leva minha mão até seu músculo, que endurece. Deixo a mão e continuo aumentando o peso do desejo. Ele me acena para a gente ir até lá, eu conheço os banheiros destes lugares. Vejo os meninos comendo e rindo com o rinoceronte lambuzado. Quero segui-lo, mas não quero que nos olhem torto, que arrombem a porta e nos encontrem com os pulsos cortados. A garçonete traz brinquedinhos e quebra-cabeças. Baixa meu vestido floral desbotado, me vejo roliça, que merda, tenho mais fome, muito mais. Travamos a porta com o pé, fazemos rápido, saio com esperma dentro de mim como um porta-malas carregado para uma longa viagem. A mesa bagunçada com nossos casacos, carteira e joguinhos, mas sem eles. Procuro os dois me fingindo de distraída por todos os lados: pequenos, meninos, J, E, J, E, eu os chamo cantando e fingindo que não os perdi, aquela que brinca de esconde-esconde. Dois funcionários vestidos de vermelho natalino me olham friamente atrás do balcão. Sorrio para eles tentando fazê-los gostar de mim, desorientada: Vocês viram os meninos? Um deles me dá um olhar sujo. São esses? Apontam para dois de quinze anos que estão dando selinhos com aparelho nos dentes. Não, digo a eles, esses aí são meninos?, vocês acham que eu posso ser mãe desses dois? Se não são eles, não os vimos. Vocês não os viram circulando pelo local com um bichinho de pelúcia? Não tinha ninguém aqui, senhora. Como é que não tinha ninguém, não viram dois gêmeos fraternos que parecem idênticos na máquina? Que máquina, madame? Aqui não tem nenhuma máquina de bichos de pelúcia. A sai do banheiro. Eles sumiram, digo a ele, e esses dois estão tentando me atordoar dizendo que não há nada com bichos de pelúcia. Armand os encara, você disse a ela que não há máquina de bichos de pelúcia quando estamos vendo a porra de uma máquina de bichos de pelúcia bem embaixo do seu nariz? O funcionário sorri, eu não tinha entendido, senhor. Ele bate a cabeça do atendente contra a máquina. Nós dois vamos xingando pelo restaurante entre os comensais, olhando por debaixo das mesas, atrás das pilhas de cadeirões de bebê, na cozinha com os imigrantes com touquinhas de plástico e carne moída nas mãos. Não deu certo. A sai para inspecionar os arredores da zona industrial e os blocos em construção. Continuo de joelhos, rezando. Ao fundo, um casal brinda ao lado de um carrinho de bebê, a mão parada no ar. Se eles não aparecerem, roubo o bebê deles, corro com o carrinho e a gente foge, algo eu tenho que levar desta vida.

Roubo de identidade por parte da vítima. Ele concordaria, substituição de identidade por força maior e pronto, o bebê nem se daria conta. O jovem casalzinho poderia fazer vários outros e viver de assistência social. Ela deve ter reserva ovariana de sobra, até para cobrar por doar óvulos, como uma boa ação. Saio do local, me viro, ouço A chamando-os ao longe atrás de uma placa de trânsito. Uma girafa inflável rosa se move no crepúsculo, escavadeiras estão paradas entre carros de alto padrão batidos. Vejo meus J e E com o bichinho de pelúcia comendo porcaria do chão. Voltamos para pegar os casacos, pedem para a gente pagar e sair do local. O atendente enxuga o sangue da boca.

Somos um casal ameaçado externamente, a sul, a norte, a leste, e internamente somos capazes de nos atacar, de nos virarmos um contra o outro. Eu sigo em frente, ele pede para eu dar seta na saída em que há uma placa de paintball. Um presente, uma comemoração de Dia das Crianças para que a gente possa se divertir, construir alguma evocação. Para que, quando os menores forem interrogados, confessem algo decente sobre nós. Passamos horas atirando no jardim como o assassinato do irmão do futuro rei, até que os pais ordenam que a arma seja guardada a sete chaves. Depois de mil apelos à mãe, os irmãozinhos lhe dizem que ela está descarregada, que só querem olhar para a arma do papai. Mamãe, por favor, mamãe, é só para dar uma olhada, não é para atirar. A mãe do futuro rei acha que está descarregada e não verifica. Os dois pequenos irmãos estão sozinhos no quarto, apesar do ouvido muito bom da mãe, ela não ouve o tiro. Mais tarde, dirão que, enquanto limpavam o revólver naquela noite, se disparou um tiro que o atingiu na testa e o matou em poucos minutos. É um episódio sombrio na saga da dinastia familiar, um homicídio involuntário, nem autópsia fizeram. Gosto de você, Lisa, ele diz, e atira uma bola de paintball na minha testa. Gosto de você, digo, gosto muito, gostar, gostam os sociopatas, eu amo vocês, ele me diz, amo até me deixar ser esmagado por um avião deitado numa pista de aterrissagem. Essa forma de me fazer pensar que sou eu que pedi para jogar paintball neste jardim e que sou eu que quero voltar para o vilarejo e aprender a dirigir, que sou eu que preciso dele para ser mãe, que se arrasta por amor. Essa forma, diz ele, de me dizer que eu te estuprei quando foi você que ligou meu motor. Essa forma de me fazer acreditar que não consigo me controlar quando ele me incita ao descontrole. Essa forma de me tornar imperdoável para mim mesma. Os irmãos brincam à exaustão, pedem-nos que entreguemos nossas armas, mas todos continuamos a atirar, primeiro com tinta, depois sem cartuchos. Pam pam pam, nos jogamos atrás de aterros de madeira. Pam pam pam, atrás de parapeitos. O lugar está fechando, senhores, entenderam?, devem entregar as armas e ir para o vestiário. Pam pam, pam, nós quatro atiramos.

— • —

Minha falsa gravidez se tornou conhecida mais cedo do que eu imaginava por um erro da ralé. Andava pelo vilarejo inflando a barriga com uma calça de elástico e sapatos de borracha cumprimentando os vizinhos que me tocavam, mas sem nada dentro, exceto sucos gástricos e ar. Eu ia levar o anúncio até o fim, até que eu estivesse realmente fecundada, depois ninguém faria cálculos com as datas. O problema era continuar com o treinamento para engravidar supostamente já estando, mas como não havia pressão ele tinha mais avidez e não escapava tantas vezes pelos galpões, eu aproveitava e levantava as pernas por meia hora. A sogra procurava roupas que não eram nem rosa nem azul-claro até saber o que era, eu a encontrava muitas tardes no computador buscando temas como circuncisão e possíveis riscos de sangramento ou hemorragia, ela conversava com o filho sobre a natureza bárbara dessa prática. Um dia Gilbert, o dançarino do vilarejo, disse a outro vizinho que viu meus testes de gravidez negativos, seu cachorro lulu-da-pomerânia os havia encontrado no meu lixo. Um a um, o casal senil, Nadia e sua filha de cabelo vermelho, a vizinha com agorafobia que convive com répteis, todos me desmascararam. Eles se reuniram, levantaram minha camiseta e houve choro, gritos de ódio, mas também comemorações pelo filho que não nasceria.

A: Bem, bem, a pequena família está indo, eles vão nos receber como campeões de ciclismo.

L: Onde?

A: Na entrada da aldeia. Não me deixe nervoso, tenho que percorrer muitos quilômetros, e um dos faróis está queimado. Você já imitou os coelhos encontrados do outro lado da lagoa, agora é hora de seguir em frente. Desta vez eles vão no meu.

L: Mas eles estavam viajando comigo.

A: Não sou eu que, na curva da Forêt de Prémery, bateu num caminhão e meus pais tiveram que socorrê-la.

L: Por que não foi você?

A: Não me faça perguntar para eles com quem querem viajar.

Pego-os pelo braço, um em cada mão, duas muletas, dois sapatos ortopédicos. Armand os arranca de mim, segura-os com força e os puxa para seu lado. O sol é uma bola negra, só os vaga-lumes nos iluminam. Eu não queria gritar assim, não logo de cara, mas grito, eles vão comigo. Não podia correr o risco de segui-los por túneis e perdê-los de vista num zigue-zague. Os meninos dizem que não dá para ver nada e é engraçado, eu os desprendo das mãos do pai. Ele aproxima a cabeça para me nocautear. Não seria ruim morrer no asfalto de um clube de tiro. Não vou ceder, eu sou a mãe. Ah, ele ri, não me faça rir, eu sou a mãe, eu sou a mãe, me faz rir um pouco mais, isso nunca significou nada. Em que cabeça cabe tudo o que você fez desde o dia do nascimento deles? Eles vêm comigo e no meio, se eles quiserem, a gente para e eu te dou os dois, ok? Vamos fazer ao contrário, proponho. Eles vêm comigo e no meio eu paro, e, se quiserem, vão com você. Ou perguntamos diretamente a eles, mas acho que não te convém: meninos, venham, meninos! Com quem preferem voltar para casa? Respondam em vez de fingir que estão apavorados, é assustador, mas vai ser ótimo, respondam de uma vez. Ele me agarra pelo pescoço, fazia tanto tempo que não agarrava meu pescoço que eu tinha esquecido a comoção de ser levantada como um cisne. Como um passo de cabriolé, como um salto de fantasia com rotação majestosa numa estreia operística, ele me ergue pelo pescoço, passa da inércia amorosa ao ato. Meus pés no ar, ele me solta e eu caio. Deixa eles comigo, eu digo, e volto para casa. Você vai voltar de qualquer jeito, o que mais te resta a fazer?, que comece a fazer a estrada do lixo e diga que isso é arte. Os meninos cavalgam em sacos plásticos na nebulosa, nós os pegamos como se juntam moscas para jogá-las no fogo. Ele os enfia no seu carro e tranca as portas automáticas.

Quando finalmente deu positivo, pulei como uma líder de torcida, fui correr nos areais, comemorei acendendo velas, mas não contei a ninguém, nem mesmo ao pai, não deixei vazar e nenhum vizinho percebeu o fim do luto. Saí impune e evitei mais papelões. O vilarejo continuava sem infantes à vista, os vizinhos estavam satisfeitos, assim evitavam o barulho pueril tão irritante, a paisagem lotada de carrinhos de bebê e que os pederastas rondassem a área em caminhonetes brancas. Usei roupas XXL desde o início, poucas saídas ou muito tarde da noite com desejos dissimulados e continuar bebendo cerveja e aperitivos em público. Gilbert achava estranho não me ver, Nadia e sua filha também que eu não passasse na casa delas para comer besteira e ouvir música dos anos sessenta, mas eu dizia a todos que eram tempos de introspecção e espiritualidade e todos se mijavam de rir; tempos de quê? Fui armazenando brinquedos de crianças que saíram do vilarejo e deixaram suas casas intactas, de crianças enforcadas nas caves, de crianças não nascidas para quem a mãe viciada havia preparado um altar. Fui acumulando doações, latas de leite em pó, coisinhas para bebês, tudo no sótão, em armários velhos. Eu ia às consultas de trem ou pedia carona, e algum caminhoneiro me levava até o hospital mais próximo. Quando já estava muito inchada, convidei-o para jantar e jogar no cassino em Pougues-les-Eaux e contei-lhe a notícia no aperitivo, a azeitona na borda do copo de xerez. Falei da circulação fetoplacentária, do funcionamento do sistema cardiovascular, de como eu estava fabricando um tubo neural. Ele jogava na máquina caça-níqueis, ei, está me ouvindo, uma vida, é uma vida, uma vida que pode ser vivida inteira, um século. O que você faz aqui todas as noites não é um jogo, mas um vício que abre a porta para a delinquência, ei, aqui estou fabricando blocos de tecido, músculos e dentro em pouco, acredite ou não, células de Schwann, meninges, melanócitos, medula da glândula suprarrenal e ossos. Quem é Schwann? Certamente um amigo israelita seu.

Para me dar importância, no fim eu disse: e logo a formação dos dedos das mãos e dos pés, órgãos sexuais e cílios! Naquela noite tentamos deixar tudo para trás, ele gastou todo o seu salário de monitor, estava em choque com a paternidade como se tivesse levado uma paulada, então eu disse a ele que era um. Mas, quando entrei no carro, soltei que eram gêmeos. Naquela noite voltamos para o vilarejo buzinando como os mouros em plena festa de casamento, até que um carro patrulha escondido numa rotatória nos viu. Eles nos perseguiram, fizeram o teste do bafômetro nele, bem acima de 0,8, e cassaram sua habilitação.

Os três avançam cautelosos por um descampado até retomar o caminho do mar de Iroise, no extremo oeste. É um pequeno mar epicontinental, a esta hora estava violeta, fluorescente com suas noctilucas entre tubarões. Meninos, olhem a água violeta, eu disse a eles, embora não pudessem me ouvir. Não é violeta, é verde-flúor, um deles responde na minha cabeça, para onde vai mamãe?, gritam. Choro ao longo do atalho de acácias e eucaliptos, mas ninguém vai acreditar em mim, vão dizer que é para recuperar a posse. Eu os sigo arrependida de não ter lutado mais, mesmo que tivesse passado por cima de mim com seu Megane. Quero ouvir Cantat, "Amor Fati", amor, imitar seus gestos massacrando em Vilnius, quero um botão de pânico, "Prelúdio e fuga: nº 2 em dó menor BWV 847" me dá vontade de vomitar, e eu desligo. Têm razão nisso, sou uma falsa escritora, aquela coisa de querer escrever algo um dia ninguém acredita em mim, nem mesmo eu acredito em mim. Ligo para ele, não atende. Volto a ligar. Secretária eletrônica. Que jogo novo ele está armando?, volto a ligar e ele desliga. Já esvaziamos metade do tanque, vamos ter que parar num posto de gasolina. Buzino, inútil, colo na traseira dele, enche meu vidro de terra. Ei! Tento ficar do lado dele, mas a estrada é estreita. Dá para desacelerar? Dá para reduzir a marcha? Quero saltar para o carro dele em plena estrada, como nos filmes de ação que se lançam de um avião em movimento para um reboque sobre uma ponte. Você consegue me ouvir? Ele me ignora, seguimos a corrida fora da pista, e ele que me culpava por não tirar o pé do acelerador. Continuamos assim até o meio da noite, eu atrás dando uma olhada na lua para que não amanhecesse.

Às vezes, como uma praga cerebral, acho que ele não está à minha frente, que é uma sombra, que o perdi de vista entre as árvores. São meus filhos, sangue não é água. Me faz padecer, acelero, ele não me deixa ultrapassar nem pela esquerda, nem pela direita, baixa o vidro, me mostra alguma coisa, não vejo bem o que é, parece uma arma. Continuamos assim, é impossível dizer até quando, de novo me mostra alguma coisa pela janela, é uma arma, será de verdade? Será de balas de goma ou de alumínio? Até que algo o leva a reduzir a velocidade, não tenho espaço para desacelerar, tenho que pisar no freio. Ele sai aos tropeços, se afasta sob uma árvore, desabotoa a braguilha e mija bem alto. Ele não se vira, deixa a porta aberta, tudo é tão perigoso quanto areia movediça que traga. A porta traseira sem segurança infantil, eu tiro o primeiro corpo na frente, corro para o meu carro, o deposito ali, volto com uma corrida olímpica para buscar o segundo corpo, não sei qual está faltando, mas ele vira e aponta o jato para mim. Não me importo se estou mijada, ele não percebe que peguei um deles, não fecha a braguilha, não consigo roubar o segundo, ele entra no carro e acelera. Vejo que seu rosto é outro, como mudam as expressões dos maridos quando estão sozinhos.

A família entre minhas pernas sangrantes. Como numa casa de apostas clandestinas ou de rinhas de galos nos páramos mexicanos. Baixinho diziam que algo estranho iria sair, ninguém ousava dizer deformado. Todos à espera dos batimentos cardíacos, do primeiro, do segundo, de que tivessem todos os membros e uma cabeça bem-proporcionada. Todos atentos à cor da pele porque há muito universalismo e multiculturalismo, mas para os do outro lado. Já na cama, vi minha sogra se inclinar sobre os berços transparentes, olhar para os idênticos e babar.

Voltávamos de Carcassonne, os bebês ainda com a moleira funda, enchemos o tanque, discutíamos no posto de gasolina, não me lembro por quê, o que nos enfurecia tanto, eu usava aquelas calças com elástico, lembro que ele me disse que eu nunca seria uma artista renomada, que não era uma boa ideia, que eu seria dessas que copiam a realidade, mas para pior, que se fingem de loucas para fazer obras dementes e acabam arruinando tudo, vida e obra. Os cintos dos bebês desafivelados, o chilrear dos pássaros abrindo a boca ao longe, o barulho de um cortador talhando árvores. Naquele regresso das férias, nos despimos num daqueles hotéis familiares com cozinha enquanto os bebês dormiam em cadeirinhas de carro no chão como dois ovos recém-chocados. Não consigo me lembrar por que brigávamos aos gritos, mesmo quando já estávamos nus, eu lhe dizia que ele estava se aproveitando de mim, que estava me afundando, que estava tentando me detonar, ele me dizia que eu ia enganá-lo, que tinha certeza de que eu estava preparando um golpe arquitetado lá na minha terra, talvez com minha família argentina da qual nada se sabia, talvez ligado à comunidade da minha religião da América do Sul. Por que não se sabe nada sobre sua família de origem? São traficantes? Por que você ouve nossas conversas familiares fingindo que dorme? É de suspeitar que eles nunca tenham vindo até aqui, eles alguma vez já entraram num avião? Estão obcecados pelos documentos? A cama se mexia, os dois ovos também. Tudo isso se liquefez, o que resta é o encosto da cadeira, uma música no alto-falante ao sair do hotel, o sol na parede durante o coito.

Ele acaba de perceber, eu o vejo gesticulando, seus gritos, coitado, lhe falta um deles, também me falta um, coitada de mim. Você o roubou de mim, cadela, diz ele, e sua boca se estira. Eu não tirei nada de você, apropriador. Todo o resto do caminho fico colada nele como uma larva. Não dura muito, ele faz uma conversão, vamos ver se ele se rende. Reduz a velocidade, incrível, maravilha, um presente, você vai atirar? Contra todas as probabilidades, saio correndo com os braços abertos e ele também, os dois carros com os irmãos separados no nascimento. A gente se abraça, qual deles está com você, ele ri, J, eu acho, mas não sei, não sei de nada. No fim das contas, por que os tivemos, como assim por quê, se é o que mais amamos, se sem eles não somos nada, você queria tê-los, eu não queria, agora sim, obrigado por me forçar a ser pai, parecia uma visão de terror para mim e graças a você agora eu os tenho. Eu que agradeço por você ter me estuprado, se não eu nem seria mãe, eu seria só mais uma merda nesse mundo, foi um estupro lindo para dá-los a você. O carro, o carro!, e corro para pisar no freio. E agora? Você tem uma arma? Não diga besteira, é de plástico. Eu vi, você tinha uma! Mas não, sua idiota, foi meu pai quem me deu, você sabe como ele tem as coisas, o gatilho está travado. Me siga. Não vamos deixar os carros sozinhos. Mas seguir até onde? Até onde eu disser, faça a porra que eu digo ao menos uma vez. Não se assuste, é uma surpresa, as surpresas não são reveladas. Não vamos deixá-los sozinhos. Por quê?, não há nada aqui, quem vai roubá-los de nós, as estrelas? Além disso, estão protegidos pela arma. Não acho graça, eles podem atirar em si mesmos. Eu disse que o gatilho está travado faz cinquenta anos. Ele me levanta, me põe nas costas e me leva a galope. Bato nas costas dele, na nuca, faço-o tropeçar como um corredor com câimbra na reta final. Para onde está me levando? Surpresa, mas ele diz: sua presa.

Depois vem o romântico afluente das primeiras noites quando éramos apenas filhos, dormíamos nas fazendas leiteiras, nas recâmaras dos castelos, nas torres abandonadas, tomávamos café da manhã no estábulo sobre milhares de favos de séculos perdidos e ele me beijava nas sequoias. Corpo no chão, é uma ordem! Um dos carros se move, ou assim parece, alguém puxou o freio de mão. Não sei se ele quer fazer amor comigo ou me soterrar viva. Para que você está filmando tudo? Para ter lembranças da reconciliação. Para quem você vai mostrar isso, ou vai vender? O carro, digo, está andando. Você vê fantasmas. Os dois carros agora! Cada um deles está sozinho na cabine escura, vão ter medo de morrer. Eles não sabem que podem morrer. Como não sabem que podem morrer? Você nunca sabe nada dos próprios filhos, é impossível que saibam que vão morrer. Que ignorante, é impossível eles não saberem que vão morrer, os carros estão se sacudindo, me deixe ver. Eles não têm força para isso, dali não saem. Ele se deita sobre mim na terra com caracóis, limo, cogumelos. Eu me sinto felizmente assediada, digo a ele, mas não filme, não quero me ver, não quero que você me envie. Como você não se quer ver se a única pessoa que vê é você mesma? Você está filmando tudo ao vivo como um terrorista, puro sadismo, pura crueldade. Por favor, Lisa, não repita palavras, aqui não tem ninguém, você está falando para os magistrados, aqui não tem sinal, estamos em pé de igualdade, ninguém vai conseguir fabricar provas. Mas você fica me filmando, quem vai ver isso?, seu coração é irrigado. Sabe o que aconteceu com uma mulher que veio caminhar nessa mesma montanha? Li ontem no jornal da região. Tínhamos dito que, se necessário, poderíamos nos divorciar. Dissemos tantas coisas, Lisa, ao longo de um casamento tantas coisas são ditas, tantas coisas são faladas e quase nada é verdade. Mas aí você me deixa sem escolha. Uma mulher da sua idade quis fazer uma caminhada aqui, comprou um crepe num vendedor ambulante na entrada, comeu enquanto andava e se engasgou, ninguém estava aqui, começou a tossir e morreu sufocada por causa do chocolate no crepe, foi encontrada meses depois. O que está querendo dizer? Tenha cuidado com os crepes se você andar sozinha no futuro, mas por enquanto eu cuido de você. Mas eu gostaria que pudéssemos falar sobre repartirmos os irmãos. Termino as obras em casa, prometo que vou terminar o andar de cima, a banheira, o corrimão e vamos vender pelo dobro. O dobro! Não há nada no meu nome, nem um documento sequer, eu me viro para sair, mas a terra se abre. Olha como você me deixa, olha como eu me esvazio, olha como seu homem se esvazia completamente, deve ser tão espantoso quanto ver alguém chorar sangue. Minha mão se enche com o esperma dele, ele o esfrega no meu rosto, muito mais romântico do que aqueles que jogam ácido. Tenho doze anos de idade mental, me perguntam se sou maior antes de fazer um procedimento ou pegar encomendas na farmácia, e daí?, você aparenta juventude. É isso, vamos fazer um acordo, cada um num carro e pronto, eu não vou tirar o seu, você não vai tirar o meu, à mão, sem jogar a moeda. Não, melhor, a gente vai casar de novo, você volta para casa, não tem mais conversa, vou fazer um muro de concreto para os meus pais. Isso é jogar roleta russa com uma arma carregada, uma arma carregada que vai mudando de mãos, você realmente acha que podemos viver tudo de novo, voltar a casar, voltar a fabricar gêmeos aos cinquenta anos? Não temos opção, não deixamos margem de escolha para nós: pronto, um filho cada um. Você é diabólica? Isso os traumatizaria, nem com pais monstros, nem na guerra separam irmãos. E você ainda diz que é artista? Nunca disse que sou artista, disse que queria ser algo mais tarde e que poderia escrever. Mas você finge ser artista com meus pais e os vizinhos, e você não tem nada de alguém assim. E o que você é? Eu disse que quando as crianças crescerem eu gostaria de escrever ou fazer algo para mim. Mas o que você vai fazer depois? O que vai fazer da sua vida se não conseguiu fazer nada até agora? Você não se torna alguém importante porque os filhos crescem, muito menos escritora, você pensou bem nisso? Você pensou bem se não quer dá-los para mim, livrar-se deles e ser livre? A fábula da escritora que mata filhos. Me solto, corro em volta dele no escuro como uma mariposa maníaca. Encontro uma pedra grande, ele não me vê, me escondo, ele me chama: vem, escritora, vem aqui, escritora genial, e ri baixinho, vem ou eu vou te encontrar, olha que eu sei ver no escuro, olha que eu tenho olhos que enxergam o breu. Ele se vira ansioso me procurando, volta-se para trás, nós dois viramos, quando sinto que ele está perto, jogo a pedra em sua cabeça e ele cai. Corro até seu corpo e pego as chaves. Chego ao carro dele, tremo, abro a porta e retiro o segundo corpo desmaiado assim como se resgata uma criança caída num poço.

Só um objetivo: seguir em frente sem os faróis acesos. Tenho que encontrar uma maneira de sair do radar, sair do litoral. Não sei se ele já se levantou, com a cabeça ensanguentada por uma concussão ou ileso. Vejo o caminho que se abre, desligo completamente o painel, também as luzes de sinalização, tento não fazer barulho e me lanço. Acho que ninguém me segue, a menos que seja a pé, a menos que consiga se levantar, a tampa do cerebelo aberta, e jogar um objeto pontiagudo para esvaziar os pneus e depois se balançar sobre o capô. A menos que consiga se levantar, ir até a arma e destravar o gatilho. Dobro uma pequena passagem comunitária. Diminuo a velocidade, sou um animal lento, desligo o motor, não escuto nada. Talvez ele nunca acorde, talvez eu não o tenha matado, talvez tenha, e a culpa não foi minha. Arrumo os meninos, um está um pouco machucado na testa, lhe dou goles de água, temos que sobreviver, eu os agasalho, faço um beliche, nada se move no horizonte, não vejo intrusos, as árvores e a terra quietas, a areia movediça gelada. Talvez ele consiga rastejar e ligar para a emergência, ele vai fazer isso para ofuscar meu momento. Vamos aguardar, meninos. Passo para o banco de trás e os acaricio, mas tudo tem um aspecto lodoso, mesmo quando resgatam o menino do poço com uma corda, puxam-no de cabeça para baixo e as pessoas aplaudem, mesmo aí aparece alguma ideia mórbida. Há quanto tempo não comemos nem um biscoitinho, uma maçã, um quadradinho de queijo? Procuro algo, seus nervos e sua massa muscular estão enfraquecidos, como meninos recém-liberados de um campo. De quem é a culpa, minha somente?, da mamãe somente? Há muitas lombadas, eles pulam como lêmures-de-cauda-anelada, há algo esotérico na aliança com eles, em ser sua mãe. Há algo esotérico com seu pai também, vocês nunca perceberam, não vão me falar nada sobre seu pai? Prometo a eles que tudo vai mudar, ouço-o dizer do além: termino as obras, o andar de cima, o corrimão, a banheira e vamos vender pelo dobro.

Uma tarde resolvo trancar as portas, sair, deixar a televisão e as fofocas que eles põem para eu praticar, ir eu mesma buscar meus gêmeos. Pego uma bicicleta encostada num poste no vilarejo e pedalo para cima e para baixo pelas colinas os cinco quilômetros que nos separam do jardim de infância. Da janela do andar de cima, a professora se surpreende ao me ver chegar. Eu me surpreendo que ela se surpreenda, e ela se surpreende com minha surpresa. Aconteceu alguma coisa?, disse alarmada. Aconteceu alguma coisa com eles? Eu não entendo, me disseram que a senhora os levou faz meia hora. Não consegui pensar com clareza, entrei na sala, as outras crianças brincavam de roda à espera das mães. Quem os levou? A quem vocês os entregaram? Alarmada, a professora correu pelo corredor e voltou com uma responsável pelo jardim de infância que testemunhou ter visto com os próprios olhos uma senhora com o mesmo cabelo que eu ter vindo buscá-los, ela não hesitou por um único momento sequer em entregá-los quando as crianças correram para abraçá-la. Uma maluca estéril havia copiado meu cabelo ou comprado uma peruca em alguma loja de fantasias para se passar por mim? Nós três começamos a correr pelo jardim sem nenhuma noção. Eu tocava a cabeça das outras crianças que se pareciam com eles, querendo dar no pé com uma delas. Perdemos a cabeça, disse a professora, isso nunca nos aconteceu em mais de cem anos de existência do jardim de infância nesta região, disse a responsável, estamos aqui desde antes da guerra. De que guerra você está falando? Será que um desviado estaria rondando os muros da escola? Chamaram essa pessoa de mamãe, os meus filhos? Sim, ela afirmou: ouvi a palavra mãe perfeitamente, por causa disso e porque tinha, juro por deus, o mesmo cabelo, eu estava tão segura de que era a mãe, quer dizer, a senhora, que era a senhora em pessoa. Por outro lado, quase nunca tínhamos visto a senhora. Uma iluminação me fez ver minha sogra sentada no salão de cabeleireiro experimentando tons de tinta, vê-la com uma sacola de artigos de festa no banco de trás do seu carro. Ligo para o meu namorado-marido, ele não atende, mas ele nunca atende quando está trabalhando nem quando não está trabalhando, às vezes ligo para ele e outra pessoa respira, escuta e desliga. De repente, lembro-me do nojo que senti quando encontrei fios de cabelo na sopa cremosa e nas peras ao vinho da minha sogra. Ela andou cortando alguma coisa, talvez uma peruca da cor do meu cabelo, e todos nós tirávamos da língua os fios grudados no céu da boca. Ligo para meu sogro, ele me diz que está no trator entre árvores caídas e não escuta nada. Enquanto ligo para minha sogra, deixo cair, como uma guilhotina, uma ameaça à cabeça das duas ineptas responsáveis pelo jardim de infância: cabeças vão rolar.

Limpo-os com um trapo, não sei o que fiz, precisamos abandonar o carro, deixem de perguntar coisas que ninguém sabe. A aventura da casa sobre rodas acabou, precisamos juntar as roupas e jogar fora o resto. Saímos do carro, peço que digam tchau, ele foi um companheiro fiel, um cavalo que deve ser sacrificado. Fiquem longe, esperem ali. Eu o inclino em direção ao barranco em primeira marcha e seguimos a pé, um pouco mais à frente nos viramos e o vemos deslizar para a destruição. Tchau tchau. Chega um momento no amor em que não se deseja nem o fim. Não é só que o amor se foi, é que se vão também o ensaio, a repetição, o ciúme, o sarcasmo do amor. Seguimos a pé, os meninos cresceram desde que deixamos o campo, eu os vejo como dois escoteiros se preparando para uma planície quente. Só é preciso ter novas passagens e cruzar. Me pergunto se alguém o encontrou, se alertaram as autoridades costeiras, se dorme entre folhas e se alguma corredora o descobrirá. Eles não têm forças, mas temos que avançar, eles reclamam que não querem continuar e a cada dois passos, papai, cadê ele. Seu pai ficou acampando e vai nos encontrar mais tarde. Não reclamem de mim nem de ter que ir a pé. Os deslocados, os guerreiros, os deportados fugiram febris, insones, com tifo, não somos melhores que eles, ok, vocês dois me ouviram? Não somos melhores que eles e não tivemos que viver nada tão grave, alguns precisavam cortar o cabelo das mulheres assassinadas nos fornos. Quais fornos? Bem, os fornos são outra história, agora precisamos andar rápido, não posso levá-los no colo ao mesmo tempo, mas vocês podem levar um ao outro, não tenho tempo agora para instruí-los. Não vamos sobreviver sem carro, sem comida, sempre se sobrevive. Caminhamos em fila única por um atalho e descemos até a água. Trocamos as passagens alegando problemas aéreos e entramos no barco sem nenhum problema. Talvez ele não esteja morto, talvez tenha se levantado, saído para caminhar e reconstruiu sua vida. Talvez o encontrem, mas ele não será capaz de dizer quem é, ninguém pode dizer quem é, talvez em dez anos ele se lembre de que estávamos perseguindo um ao outro.

No convés ninguém nos dirige a palavra, eu os embalo, vemos a costa se afastar, o som rouco do navio, a guarda costeira vigia um naufrágio a montante. De vez em quando, a sirene aflautada assobia e mergulhamos na zona abissal. Estamos quase lá, posso ver a ponta da ilha, será que vamos ver anões, duendes, extraterrestres, mamãe? Descemos com os cabelos ao vento e as caras sedentas, os lábios ressecados por não termos bebido nada durante horas. Eles me seguiriam até o fim do mundo?, o que é o fim do mundo? Não posso instruí-los agora, digam que sim, amar a mãe é como participar de uma seita. Quando saio do navio entrego os documentos, não sei se percebem algo estranho, mas deixam-nos ir em direção à zona da guarda civil. Andamos entre rochas brilhantes, somos uma lenda negra, somos três corvos. Caminhamos sobre túneis ferroviários convencionais e sobre um túnel de serviço, todos escavados sob o fundo do mar. Levo-os até uma casinha de madeira pintada de branco e azul, antigas cabines de trens de guerra, agora convertidas em pequenos restaurantes para pessoas de passagem. Pedimos folhado de carne e cornish pastie. Eles ficam olhando para as gaivotas nos telhados de tábuas azuladas. Chamam as gaivotas de pavor da Cornualha, ameaçam o mar, vencem a guerra das praias de St Ives, mas eles olham para elas e as cumprimentam, conservam sua inocência. Coroamos o almoço com bolos coloridos com chantili quando vejo atrás das típicas janelas alguns homens uniformizados. Não lembro quando me livrei do telefone, talvez no convés principal, quando ninguém nos observava. Continuo sem notícias, não sei se o matei, não há televisão, não há ninguém com telefone para me informar, não há testemunhas, a não ser que alguém estivesse dormindo pendurado num galho naquele momento. Não sei se minha cara me delata, meu aspecto anti-inglês. Descemos pelas rochas entre casas subterrâneas e pontes levadiças nas entradas de fortes e castelos. O sol não aparece, mas não se preocupem, o sol vai se vingar. Como o sol vai se vingar? Falamos da vingança fria, metódica, e das estrelas todo o caminho de volta por trilhas enroscadas, espinhosas. Digo-lhes honestamente que, por sorte, seremos todos pulverizados em breve, daqui a mil anos, o que importa? Os irmãos ficam extremamente angustiados, não entendo a angústia, dizem que um dia o sol vai parar de esquentar e tudo vai se apagar. Tudo vai se apagar, mamãe, um mundo inteiramente submetido ao mineral escuro, mas então a vida será como montanhas de lixões, montanhas de carvão mofado, claro, meninos!, mas não precisamos enfiar os braços dentro da latrina, aqui estamos! Aqui de pé para a vingança! Escolhemos um esconderijo onde podemos deixar nossos pertences como os vagabundos, camisetas sujas, pão vencido, não poderemos mais levá-los conosco, compraremos tudo de novo. Tudo de novo, tudo de novo! Ali? Vamos embora. O laicismo desapareceu da face da Terra, digo em voz alta, mas ninguém me entende, ninguém quer entender.

Só há passagens para amanhã à tarde, os aviões estão todos lotados para esse destino, mas por que será que querem esse destino? E agora? Se ele estiver morto, quanto tempo levará para um turista descobri-lo a seus pés, para dar o alerta, para levá-lo a um legista, toda aquela burocracia cadavérica. Mas se ele acordou só com a claridade do dia, como um homem novo, como um pássaro, e se pôs a vagar pelo balneário, a qualquer momento ele pode ver a pedra e me delatar. Então já teríamos um mandado de prisão no momento da decolagem. Eles também acusados como possíveis cúmplices, os meninos com a mesinha aberta, os fones de ouvido e os snacks. Escolho aleatoriamente um hotel de rede com uma piscina imprópria para uso nas imediações do aeroporto, escondido atrás da grama alta. Lá vamos esperar as horas passarem sem sobressaltos. Nesses hotéis onde se vingam do seu cônjuge antes de se enforcarem e deixarem os filhos debaixo da cama como pacotes. Parabéns, no hotel onde nos casamos deixo o que você merece, você escolhe, enterro ou cremação. As pequenas câmeras nos corredores mostram o ir e vir dos filicidas. O quarto é como todos os quartos dos Concordia, Rungis, Ibis, B&B. Tiramos os tênis, subimos a calefação na temperatura máxima, eles ficam de cueca, ligam a tevê, procuramos algo em espanhol. Passamos o dia detonados, roubando o que há no frigobar, pedindo *room service* com nomes falsos, tirando doces e salgadinhos da máquina e olhando pela janela para as ambulâncias. À noite, desmaiam mais cedo do que o esperado. Eu os cubro com as mantas sintéticas e dou voltas pelos treze metros quadrados.

Tudo o que se seguiu ao rapto dos gêmeos foi atuação. Banquetes, passeios em família pelo Loire, dar de comer aos patos, ir com a sogra pegar o embrulho dourado de Natal, ir com os sogros numa excursão à fazenda para ver os burros comer feno, mas tudo descarrilado pela imagem da minha sogra cortando a peruca e atirando mechas ao fogo. Na semana seguinte, eu a encontrei no quarteirão do jardim de infância fingindo que saía para dar uma caminhada e até a viram atrás das grades espionando o pátio onde brincam. No fim, eu trancava as portas quando eles chegavam da escola e os vigiava quando pulavam na cama elástica ou se balançavam nas redes de pínus, mas, quando eu tomava banho ou adormecia, ouvia que abriam as janelas para levá-los dali. Foi então que começou a fuga mental, a única que conta, o avanço e a retirada.

Já são duas horas, a ansiedade aumenta, transpiro à medida que a noite avança, vejo os aviões patinarem, fecharem e abrirem as rodas. O som das turbinas amplificado, os homens que parecem dançar com os coletes fluorescentes na pista. Abro a porta, a plaquinha de não perturbe, não há ninguém no corredor, na frente de um quarto a bandeja com sobras. Pego a plaquinha e a luz do banheiro se apaga, os meninos estão mergulhados na escuridão do oceano. Ando pelo tapete colorido, o que fazer para relaxar, no saguão o funcionário confirma que está tudo fechado nos arredores, casa de massagens, restaurantes vietnamitas, casas de câmbio. Exceto, ele diz, mas hesita, exceto pela discoteca cabaré do complexo hoteleiro Discoteca Rampard, mas não sei se a senhora se encaixa, não sei se é para gente da sua idade. Caminho entre rotatórias, multinacionais de construção, o estacionamento de um mercado LiDL, concessionárias da Nissan e uma franquia de eletrodomésticos. Ando sem personalidade nenhuma. Atravesso um depósito de gruas, uma loja de piscinas e, ao lado de um viveiro, encontro a placa, Rampard. Um segurança me observa, mas para mim todos me olham torto, deve pensar que vou me medicar lá dentro, que venho buscar dinheiro rápido ou encontrar uma segunda juventude à custa dos ingleses desgraçados. Estou vindo tomar uma bebida, digo, uma bebidinha antes do voo, o segurança não dá a mínima se vou sair viva dali e abre a cortina para mim. Lá dentro os anos setenta, uma espelunca com cinzeiros de pé feitos de cobre, canos de pole dance surrados, luzes coloridas espelhadas, mesas de bilhar. Não conheço ninguém, mas sinto que todo mundo está falando de mim, será? Não vim preparada, visto roupas muito folgadas, numa mesinha afastada três senhores comem sanduíches de carne assada e fumam charutos. Meu inglês é ruim, mas me comunico no essencial, mesmo não percebendo se eles zombam de mim ou fazem piadas entre si. Danço algumas músicas e passo perto da mesa deles, os homens me olham, riem, eu me sento ao balcão, que horas são?, pergunto como uma turista confusa que perde o avião. Não é tarde, tomo dois longos tragos, meu estômago dói, minha cabeça dói, tudo se move. Não sei se estou fingindo estar tonta, não sei se estou fingindo ter medo do que vai acontecer comigo, o que vai acontecer comigo?, não sei, mas tem alguma coisa flutuando, um cheirinho estranho. Agora estou dançando reggaeton venezuelano perto da mesa dos três homens.

Um deles gesticula para que eu me aproxime, viro a cabeça, não vejo nenhuma outra pessoa, me aproximo. Está falando comigo? Você está sozinha?, ninguém pode ficar sozinho aqui, venha, venha com a gente que nós cuidamos de você, e faz um gesto para que tragam uma cadeira. Se a polícia inglesa entrar pedindo documentos, é melhor estar com esses três. O que você quer?, me pergunta um de óculos verdes, a verdade é que eu não jantei, digo, tragam tudo para essa boneca. Não sei se estão tirando sarro com essa coisa de boneca, se estão brincando comigo nesse ambiente psicodélico, alguém sai de trás da cortina e deixa vários pratos dourados na mesa. Como com as mãos, não tenho guardanapo, chupo os dedos, não quero perguntar nada, não quero mostrar nada, não quero ser obrigada a falar. Parece que preciso comer tudo porque eles ficam me olhando e não param até eu terminar as bandejas. Eles me dão algo para beber, à minha volta mulheres magras e jovens dançam penduradas nos canos, dando voltas, só se vê a virilha delas, só se veem as membranas, as aberturas, os orifícios para onde apontam. O ar branco de cigarro se dissipa sobre as botas de couro brilhantes dos três homens que me rodeiam. Um deles me levanta apertando minha mão num gesto cavalheiresco, os outros dois o seguem. Abrem a cortina e me fazem ir para o outro lado. Continuo escutando o reggaeton, fico parada nesse espaço de penumbra verde com um sofá redondo sem entender direito a situação, o que deve acontecer comigo, o que eles esperam que eu faça? E se forem enviados? Se forem infiltrados da polícia francesa? Será que entregaram a eles todas as suas economias escondidas na geladeira? Quanto custa a cabeça de uma branca estrangeira? Um deles dança comigo, não sei como me movimentar, ele me ajuda a movimentar os quadris, não sei que merda estou cantando, eu ouço, *waaa, naaaa, dandandan*, repito, *waaa, naaaa, dandandan*, me movo de um lado para o outro, ele me dá outra coisa para comer que não sei o que é e engulo. Deixo-me levar, sou um macaco, sou um refém, sou uma sequestrada numa troca de prisioneiros, soltam meu cabelo. E se tirarem fotos minhas nua para mandar ao pai? Não sei de nada, *naaa. Tatatata, mmmmm, wawawawawawa*. Eles me sentam no sofá de corino e eu danço para os três, não sabia que era capaz de me abrir tanto, de excitar tanto, de transformar três homens em bestas. O mais baixinho levanta minha camiseta e abaixa meu sutiã, os três tocam meus peitos, de repente sou a única com tetas num regimento inteiro, de repente sou uma fonte de prazer para essas milícias assassinas. Rebolo ajoelhada sobre o corino gasto, entre o ardor, a fogosidade e o medo não consigo ver seus rostos, um está atrás de mim, outro na frente, conversam entre si, não entendo o que dizem. Não são agressivos, fazem eu me mover como uma felina, fecho os olhos, não sei de nada, não matei ninguém, me tocam de todos os lados, abaixam minha roupa, puxam-na, rasgam uma alça, me passam de um para o outro, as músicas se tornam cada vez mais lentas. Eles me dão algo para beber do gargalo e o líquido desce pelos meus tubos até chegar ao meu sangue, eu me deixo levar, não quero que pensem que estão me estuprando e eu vou denunciá-los, não quero que me apedrejem por isso. Um deles mete em mim, o alto, eu acho, o outro está na minha barriga, a gordura deve deixá-lo louco, ele deve fantasiar que come minha gordura, que horas serão, tenho que ir, até agora foi bom, mas quero ir embora, me limpar. De repente estou quicando sobre a barriga redonda do mais novo, a certa altura tenho a impressão de quicar cada vez mais alto num inflável de parque de diversões, digo a mim mesma que minha vida é totalmente absurda. As rotatórias, o viveiro, a loja de eletrodomésticos, o LiDL, voltar com o cartão magnético para o quarto, voar dentro de poucas horas. E se o dono da espelunca já alertou os tiras franceses e eles estão a caminho disfarçados de consumidores de pole dance? Agora estou nas mãos do segundo, vejo-me passar de mulher fatal a um animal apavorado dentro de uma caixa à porta do abrigo. A noite crepita, há vício por perto, e o vício é sempre repetitivo, tatata, como um grito a deus, vamos que vamos com o vibrador no clitóris, o crime é pegajoso. Os três homens me fazem dançar, não sei nada sobre eles, contam coisas um para o outro, algum deles pode ser filho de um alto funcionário do Estado, de um pastor evangélico de grande reputação em Hackney, entre eles também se tocam, estão mais concentrados neles do que em mim. Imagino que o alto quis agradar o pai pastor a vida toda, que entrou para a Força Aérea Britânica, tentou ser piloto de elite para agradar ao pastor, mas fracassou, foi expulso sem condecorações, perdeu o trem da juventude. Então se tornou segurança de uma espelunca de quarta categoria e todas as malditas noites sonha em convidar seu pai para beber com ele de graça, espera por ele no bar, lhe serve um copo de uísque, a cabeça vermelha e gorda, e ele nunca vem. Paro de me mexer, tento subir minha alça, eles não deixam, eu os vejo, muita transmissão evangelista, o crime de alguns coelhos traumatizou a criança bondosa, o pecado, as armadilhas de coelho espalhadas pela casa, o menino querendo tirá-los de lá, o pai furioso. Consigo me safar, é isso, eles não querem que eu vá embora, me prendem entre os três, me põem em posição fetal, em posição escatológica, não tenho que gritar, não tenho que falar em outra língua, não tenho que pedir justiça, isso é o pior, pedir justiça. Nunca se sabe o que desperta, quase nenhum crime é vingado, para quê? Acima de tudo, não quero levantar a lebre, não quero que pensem que são abusadores porque isso sempre os enfurece e os excita mais, o ódio se ativa quando se é descoberto. Eu me esgueiro, me agacho, vou nua para trás da cortina. A música *wawawa nananan tatatata* excita corpos como bois escalando postes ensaboados, como queriam os velhos tiranos, seu sonho se realizou. Puxo minhas roupas, escapo pedindo para ir ao banheiro.

Seguir reto ou virar? Escolho ir a uma zona de luzes tubulares, caminho, reconheço a primeira rotatória, não sei se estou bêbada, vejo uma concessionária de carros importados, uma empresa de construção, o estacionamento de um LiDL, as imagens me parecem conhecidas. Volto para o hotel como o cachorro largado na estrada na viagem de férias que percorre centenas de quilômetros até a porta da família que o abandonou. Com estupor descubro meu hotel, não achei que estaria tão perto. Um casal fuma em frente à porta automática, entro com eles. Subo as escadas de serviço, em que andar estamos? Não tenho memória visual, todas as portas são iguais. Tento no segundo andar, nenhuma porta se parece com nosso número. Tento o terceiro, tento o quarto, não reconheço a porta. Afundar o outro o máximo possível, uma vida inteira assinando cheques falsos, fingindo falar ao telefone com os clientes, uma vida inteira indo e voltando para um trabalho inventado, acenando ao chegar e ir embora, mas sem nunca sair da zona de simulação. Se ele se levantou do golpe, eu gostaria de perguntar se me amava, mas como saber, ele também não sabe, mesmo que diga que sim, ninguém percebe totalmente quando mente. Colo a orelha na porta que parece ser a certa, sim, é essa, procuro o cartão, perdi ou pegaram de mim, olho por baixo para ver se há luz, se choram, nada. Bato com suavidade, chamo por eles. Desço para o saguão, não tem ninguém ali, volto a subir para não ser vista pelas câmeras. Bato na porta com medo de acordar os demais hóspedes, bato mais alto, abram, abram, sussurro, é a mamãe, a mamãe chegou, acabo dormindo sobre o carpete do corredor.

As primeiras tentativas de evasão foram um fiasco. Meus sogros passavam de braços dados pela porta com os vizinhos que fumavam entorpecentes. Eles já tinham a consciência da realidade e a visão comprometidas, mas agora tudo havia declinado e estavam fora de controle. Me viram e sorriram, incontinentes, carnais. Eu tinha tudo em curso para a fuga quando o sogro se soltou da sogra, atravessou a porteira sem meu consentimento e veio me ajudar com o motor. Bati a porta na cara dele e entrei em casa esperando o namorado voltar. Outra vez foi no meio da noite, a repentina luz da cozinha dos sogros como uma facada e a sombra de camisola indo e voltando. Mais tarde apareceram as coisas por escrito, papeizinhos, grafites, mensagens misteriosas sobre a terra com as iniciais do meu homem e uma estrela de Davi.

O aeroporto é como um hangar improvisado na epidemia. Estou de óculos de sol, não dá para ver a ressaca, já me livrei do bafo. Os meninos abriram a porta de olhos fechados, acho que ninguém me viu passar a noite no corredor. Ao lado dos controles estão fotos com descrições de pessoas desaparecidas. Desaparecimento inquietante. Audrey Balttross. Quarenta anos. Mãe de dois filhos de onze e doze anos. Ela tem 1,65 metro de altura, cabelos castanhos curtos, olhos azuis, uma tatuagem do lado direito do peito. Míope de um olho. Deixou a comunidade de Auzit no dia 13 de fevereiro por volta das duas horas da tarde num Seat metálico, placa DL669NT. O banco traseiro continha uma cadeirinha de bebê. O espelho retrovisor do motorista estava colado com fita adesiva. Se alguém a viu ou puder prestar qualquer informação à investigação deve ligar para a Direção Territorial da Polícia Judiciária e para os delegados da polícia nos números em vermelho. Os meninos os leem como se fosse um ato de mágica e os memorizam. A esperança do reencontro da menina chinesa Qifeng, perdida num mercado perto de um rio em 1994 e encontrada vinte e quatro anos depois. E uma longa lista de mulheres sequestradas ou perdidas. Na França, entre quarenta e cinquenta mil pessoas desaparecem todos os anos, a maioria das quais opta por desaparecer. A lei vaticina que os adultos têm direito ao esquecimento, o direito de deixar tudo para trás sem explicação, a vida às vezes é um completo erro. Um erro do início ao fim que precisa ser resolvido. Apenas desaparecimentos perturbadores são investigados. Depois vêm os homens e os cães. Apelo urgente às testemunhas que viram uma cena de rapto, mesmo que na ocasião pensassem que se tratava de uma cena de amor. Passamos pelos controles de segurança, pedem-nos para tirar tudo o que nos cobre, óculos, gorro de lã, botas, colares, tudo pode apitar, tudo pode explodir. O alarme toca e sou revistada com as pernas e os braços em cruz. Os meninos também abrem os braços. Na chegada, welcome Argentina, eu lhes digo, embora não acreditem, vocês são argentinos, aqui estamos, aqui ninguém pode te encontrar. Nada em particular ocorre nos computadores das autoridades aduaneiras, o diretor nacional de Aduanas, o gerente da Administração Geral, o gerente das Operações Aduaneiras, ninguém nos intercepta, ninguém nos pede para irmos a um quarto branco para revistar nosso intestino, nossa vesícula biliar e nosso reto com um scanner. Algo acontece no momento de cruzar a porta do saguão do aeroporto. Entre lojas de doces e revistas, percebo algo sem detectar o quê. Um oficial da polícia civil fala num walkie-talkie, outro olha da esquerda para a direita e acena para o guarda na porta. Mas o que exatamente se sucede, quais são as ordens dadas, o que deve ser feito nesses casos, tento pensar rápido. Entramos numa farmácia, não é o melhor momento para se dirigir à saída. Olhamos loções, misturas, infusões, poções, a funcionária de uniforme branco me pergunta o que estou procurando. Procuro e pego um remédio para o fígado. Mas este só é vendido com receita, senhora. Vejo que um dos dois junta drágeas como se fossem cogumelos silvestres. Desculpe-me, eu digo, não sou daqui. Os irmãozinhos brincam como moscas e abelhas tentando empurrar o vidro, lá fora passam agentes escoltados por guardas e outros aduaneiros corruptos encarregados das travessias de fronteira. Ficamos atrás das prateleiras de efeitos paliativos. Não resta mais nada a fazer, fugir do aeroporto é impensável, assim nós três permanecemos agachados entre remédios, imitando o doente indeciso, até que se ouve um estrondo seguido da queda de pedras sobre o telhado do novo terminal. A chuva de pedras aumenta, o policial da porta sai. As pessoas olham para o desastre aéreo, os alarmes dos carros disparam, saímos com o pescoço afundado e circulamos entre táxis e serviços de transporte privados.

Os brothers adormecem imediatamente, bloqueiam a vida exterior e se enrolam como dois pangolins da Ásia.

O motorista vê televisão. Abro e fecho os olhos para a rodovia e para os cartazes com anúncios mafiosos e eleitorais. Como lá, aqui também é o Estado que regula os menores, venda, compra, festas privadas e desfrutar livremente dos seus corpos precoces. Chegamos à capital, os irmãos acordam em Balvanera ao cruzarmos a praça Miserere, os tênis nos cabos, tudo lhes parece saído de um filme. Descemos numa pracinha perto da estação de trem, isto é um bairro?, sim, se chama bairro. Os pobres estão fora da sociedade, nunca vão se integrar. Entramos no corredor fresco de um prédio dos anos setenta, os meninos se jogam nos ladrilhos para se refrescar. Subimos por um elevador com grades, os irmãos acham que é como uma caixa para domar leões. Parecemos três enjaulados num circo ilegal e rimos, os animais abandonados correm por todo o lado, chocando-se depois de um arrombamento. Encontro a chave e o rolinho de dinheiro debaixo do tapete, como prometido, sem cartas, sem chamadas, tudo no anonimato. Você também tem pais?, perguntam. O apartamento da minha infância tem cortinas laranja, vários quartos com várias camas, um banheiro antigo, uma geladeira com uma caixinha de leite e duas maçãs. Os irmãos estão perdidos, não sentam, não deitam, não andam, não brigam, só sei que têm pulso porque estão de pé. Você morava aqui? Entramos no meu quarto e nós três deitamos na cama, um em cima do outro, tudo está intacto desde que eu era jovem, os meninos tocam nos objetos, máquina fotográfica, livros, como uma exposição da casa de uma deportada, a visita guiada com tradução para vários idiomas do quarto da morta. Escurece rapidamente. Olhávamos para o céu quando tudo desapareceu. Aqui anoitece mais depressa, mamãe? Acho que sim, acho que aqui tudo vai mais depressa. As nuvens, a chuva, o pôr do sol, o ocaso.

Vamos descer para explorar? Caminhamos pelo bairro, deparamos com uma loja de fantasias com as portas de metal levantadas. Entramos na loja comprida como um pátio de prisão, ao fundo um homem trabalha numa fantasia de coelho com olhos brancos e duros. Os meninos querem experimentar, o homem termina de colar os olhos albinos brilhantes com cola epóxi e os sopra. Quando terminar de secar, posso mostrar como fica. Sim, eles gritam e caminham com cuidado entre fantasias penduradas como comensais enforcados a meio metro do chão. Olho para a rua, alguns passam com um carrinho de lixo, um cavalo se inclina para tentar beber água da sarjeta, mas o peso não deixa, um homem com cara de informante fuma um cigarro e o lança, não se pode estar a salvo nem no bairro da infância. Os irmãos já são dois coelhos albinos que escaparam de um cercado e me perseguem, como os coelhos albinos que meu sogro matava na frente do meu marido. O senhor lhes entrega um machado falso e uma cenoura preta para que me aterrorizem. Observo-os procurando por mim e me escondo num corredor atrás de uma fantasia satânica.

— • —

Colocamos viseiras, compramos chinelos tropicais e regatas brancas numa barraca de rua, tiramos ali mesmo nossas roupas de inverno de junkies. Um dia passa, exatamente igual ao outro que passa, continuamos à deriva no mesmo apartamento com cortinas laranja, sem contato com os vizinhos nem com ninguém, à noite saímos para ver como as portas de metal se fecham como guilhotinas, gostamos de ver como as ruas se esvaziam de papelão, sacolas e toneladas de comida e como os trens param no meio dos trilhos. Às vezes esperamos pacientemente que o McDonald's feche e nos deem o que não foi vendido, sem que precisemos enfiar as mãos no contêiner de lixo. Aquele homem se parece com o papai, e aquele outro homem e aquele homem que dorme em cima das grades de um metrô, não serão todos eles o papai? Gostamos de comer nos carrinhos cachorro-quente com cebola frita, gostamos das sorveterias do bairro e suas fantasias. Encontramos uma galeria e os irmãozinhos que batizamos de J E trepam num cavalo parafusado a um suporte de madeira que imita um cacto. Funciona com uma moeda, eu a insiro, o cavalo se move, subo J, ficamos vendo-o passar pelas planícies do nordeste e da Mesopotâmia, J fica entediado, eu o desço, o cavalo sempre galopando, ponho E nele. Mas o cavalo nunca para, e E também se cansa da planície ocidental. Tenho a impressão de que salvei duas vidas, é pouco para os heróis condecorados da nação, mas é melhor do que nada e há sempre quem encubra um crime fazendo--o passar por acidente e há sempre os cínicos do seu tempo. Vejo-os brincar numa praça sobre os jatos de água e os velhos carrosséis. Já se passaram vários dias sem notícias, em público a ordem é não falar muito, se alguém nos pergunta a hora, não respondemos. Mais um dia, dormir, trocar dinheiro no fundo de um porão, vagar quase pelados, comprar shorts falsificados, soquetes, tênis de lona, bonés patrióticos, raspar os cabelos deles e que sejam dois pássaros loiros. Como numa traição amorosa queremos ver as imagens de perto, se de bruços, de barriga para cima, pergunto--me onde ele estará metido, o que estará fazendo, que rosto terá, se conseguiu se levantar, se a cabeça dele ficou lá. Me pergunto se ele tomou o mesmo ferry, seguiu nossos passos e está a poucos metros. Por via das dúvidas, não tenho telefone, não entro em nenhum call center, não conto a eles o nome dos meus pais e do meu irmão.

Na televisão, num bar com mesas de bilhar e fliperamas, vejo as notícias de mulheres queimadas e degoladas, matar já saiu de moda, agora é preciso torturar, o barril da morte, o touro de Fálaris, o triturador de polegares, a cremalheira, o berço de Judas, a dama de ferro, a Idade Média é um furor. Os irmãos comem purê. Estão fascinados com a comida, não podem acreditar, os comensais veem tevê, Susan, que era casada com

David Smith, teve um caso extraconjugal com um homem que a abandonou e deixou uma carta explicando que essencialmente o problema no nosso relacionamento são seus filhos. Ela começou a odiar os filhos, o que a levou a assassiná-los na noite de 25 de outubro de 1994. Naquela noite, pôs os meninos no banco de trás do carro da família e dirigiu até uma estrada de terra rural rodeada por um lago. Lá, estacionou o carro num barranco e soltou o freio de mão. O carro afundou com os meninos dentro, que se afogaram. Foi condenada de trinta anos de prisão a prisão perpétua em 27 de julho de 1995. Será elegível para liberdade condicional em novembro de 2024. Ah, daqui a pouco ela sai, em breve estará entre nós indo para os bares, tendo outros filhos ou sabe-se lá o quê. Os meninos lambem o prato com sal e querem mais pão. Pão, pão! Há no coração humano um desejo de destruir tão grande, tão forte, tão convicto que nada pode detê-lo, enfim, vamos levantar as taças, aqui estamos, irmãozinhos, há vidas piores que a nossa, quase todas são piores vidas que a de três prófugos.

Caminhamos pela avenida Pueyrredón e viramos na Pasteur, eu os enfio na meia-luz de uma sinagoga. Levo-os ao púlpito, nós três olhando silenciosamente para os assentos de madeira com os sobrenomes gravados neles. Eles não entendem o que é este lugar, o que fazemos aqui. Posso ver gerações inteiras sentadas nesses mesmos bancos, ano após ano, o kaddish pelos mortos, a loucura humana, um homem nos expulsa porque não estamos do lado certo da sinagoga, ainda permanece no ar algo do jejum. Descemos até a rua Junín, viramos na Lavalle, é como andar de braços dados pelos arredores de um asilo, muito longe do mundo, drogada, pacificada, submersa. Procuram coisas na rua, restos de brinquedos chineses, ganham balões com o nome de um restaurante peruano, adaptam-se a ser dois rubicundos rapados e a não dizer nada na rua, portas adentro praticam o "erre", as vogais, as caras que devem fazer e quanto abrir a boca. Onde está sua família?, perguntam, mas ainda não podemos vê-los, eles logo virão onde estamos, teremos uma casa, gostariam de ter uma casa na árvore perto das cataratas? A Argentina é muito grande, aqui não conseguem te encontrar, mesmo que procurem com agentes secretos. Uma senhora ruiva acena para mim e continua caminhando, é minha mãe, quase certeza, eu me viro para vê-la, ela anda rápido, mas é ela, eu sei.

Estamos distraídos, quase chegando em casa com as compras, quando vejo um cartaz colado na 11ª Delegacia Comunitária. RECOMPENSA LISA TREJMAN US$ 10.000 difundir busca de mãe e filhos, procurada pela Interpol. Lisa Trejman, nascida em 18/11/1976, de nacionalidade argentina e polonesa, DNI argentino 26.282.139, foi condenada à prisão na França pelo sequestro de seus filhos gêmeos Jonay e Elías Fournier, de nacionalidade francesa e argentina, nascidos em 13/3/2018. A família paterna de Armand Fournier, da França, oferece US$ 10.000 por qualquer informação que leve à localização de Lisa Trejman e dos filhos Jonay Fournier e Elías Fournier, de aproximadamente cinco anos. É muito provável que mãe e filhos se encontrem sob outras identidades, com cabelos diferentes, e lhes contem uma história distante dessa realidade criminosa. Se virem uma mulher com dois filhos que parecem gêmeos idênticos, embora sejam fraternos, de acordo com as fotos e considerando que as crianças apresentam grande dificuldade em falar a língua local, por favor entrem em contato. Lisa Trejman tem mãe e pai que moram na cidade de Buenos Aires, mas cujo paradeiro atual é desconhecido, aparentemente ela não entrou em contato com eles para protegê-los, e um irmão sem endereço fixo que se diz um cantor perdido numa área costeira entre a Argentina e o Uruguai. As respectivas casas já foram revistadas e as informações obtidas estão sendo analisadas, mas, segundo consta, eles teriam se livrado de todos os objetos e provas que pudessem incriminá-los. Podem estar na Argentina ou em outros países, mas não conseguirão se esconder para sempre. Há um mandado vermelho emitido pela Interpol França, por toda a União Europeia e pelo mundo. Uma prisão rigorosa a espera. Os meninos correm perigo ao permanecerem com a mãe. A família da mãe sequestradora tem raízes na comunidade judaica, por isso não se descarta que possam estar ajudando-a sem conhecer o verdadeiro histórico criminal de Lisa Trejman, a mãe sequestradora. Não se descarta revistar os escritórios das instituições e sinagogas. Lisa Trejman é uma criminosa e deve terminar na cadeia. Contamos com centenas de testemunhos no vilarejo francês sobre a raptora em questão. Os avós paternos dos meninos contrataram profissionais especialistas na busca de crianças sequestradas pelos próprios pais que nos pediram para publicar esta nota. Se tiverem alguma informação, por favor entrem em contato conosco pelo e-mail info@galois.com ou pelo número +5491118111503. Analisaremos suas informações e, se mãe e filhos forem localizados, vocês terão direito à recompensa. Tribunais intervenientes: Tribunal Criminal nº 5 da Argentina Tribunal Nacional Criminal e Correcional nº 13 Processo: 22012/2021, Tribunal de Recurso de Bourges 10ª Câmara Correcional Minuta 54/2032 Procuradoria 22264000193.

Tínhamos descido às catacumbas para explorar a vida subterrânea e as estalactites, a água verde, os crânios flutuantes, quando começamos a ouvir o dilúvio. Os bebês na casa da família com os sogros, a água subindo a uma velocidade inesperada pelas vias estreitas. Não cruzamos com ninguém, tínhamos pouco tempo, precisávamos escolher entre nos mover e procurar a saída ou ficar parados para evitar que o paredão de rocha desmoronasse sem saber até onde a água subiria. Respirar era quase impossível, podíamos sentir que tínhamos pouco tempo de vida, que havíamos tido filhos órfãos que criariam outros, que éramos uma aliança: ele o pavio, eu o fósforo.

Anoitece e não estamos mais ao alcance deles. Lutei para tê-los comigo, mas, antes mesmo de nascerem, eles já serviam a um único propósito, o trágico fim de um casal.

SOBRE A AUTORA

Ariana Harwicz nasceu em Buenos Aires, em 1977, e mora no interior da França desde 2007. *Perder o juízo* é seu sétimo livro.

Harwicz é também autora dos romances *Morra, amor* (2012), *A débil mental* (2014), *Precoce* (2015) — os quais formam a chamada "trilogia involuntária" sobre maternidade e paixão —, *Degenerado* (2019) e do livro de ensaios *O ruído de uma época* (2024). É coautora de *Desertar* (2021), no qual discorre sobre literatura, tradução e deserção da língua materna com o escritor francês Mikaël Gómez Guthart.

Morra, amor está sendo adaptado para o cinema pela produtora de Martin Scorsese. A versão em inglês da obra, *Die, My Love*, foi indicada aos prêmios Edinburgh International Book Festival First Book Award 2017, Republic of Consciousness e Man Booker International 2018, e foi finalista do Best Translated Book Awards-BTBA 2020. Sua tradução alemã, *Stirb doch, Liebling*, concorreu ao Internationaler Literaturpreis 2019.

Harwicz teve contos publicados em importantes veículos internacionais, como *Harpers*, *Granta*, *Letras Libres*, *Babelia*, *The White Review*, *Brick*, *The Paris Review*, *The New Yorker*, *La Quinzaine littéraire*, *Quimera*, *The Guardian*, e em antologias na Argentina, México, Espanha, Estados Unidos e Israel. Suas obras foram traduzidas para os seguintes idiomas: alemão, árabe, croata, finlandês, francês, georgiano, grego, hebraico, holandês, inglês, italiano, polonês, português, romeno, sérvio, turco e ucraniano.

Direção Editorial: **Silvio Testa**

Coordenação Editorial: **Carla Fortino**
Edição: **Fabiana Medina**
Revisão: **Andressa Veronesi**
Capa: **Fabiana Yoshikawa**
Imagens de capa: **Oleh_Slobodeniuk/Getty Images/iStock** (capa e 4ª capa) **e Shanina/Getty Images/iStock** (verso da capa e da 4ª capa)
Diagramação: **Estúdio Dito e Feito**

1ª Edição: 2024

Dados Internacionais de Catalogação na Publicação (CIP)
(Angélica Ilacqua CRB 8/7057)

Harwicz, Ariana.
Perder o juízo / Ariana Harwicz ; tradução de Silvia Massimini Felix. – 1. ed. – São Paulo : Editora Instante, 2024.

ISBN 978-65-87342-71-9
Título original: Perder el juicio.

1. Ficção argentina I. Título II. Felix, Silvia Massimini

CDD Ar863
24-3969 CDU 860 (82) – 31

Índices para catálogo sistemático:
1. Ficção argentina

Texto fixado conforme o Acordo Ortográfico da Língua Portuguesa de 1990, em vigor no Brasil a partir de 2009.

www.editorainstante.com.br
facebook.com/editorainstante
instagram.com/editorainstante

Perder o juízo é uma publicação da Editora Instante.

Este livro foi composto com as fontes Arnhem e Battery Park e impresso sobre papel Pólen Natural 80g/m² em Edições Loyola.

FSC
MISTO
Papel | Apoiando o manejo florestal responsável
FSC® C008008